André Marx
Boris Pfeiffer

Das wilde Pack

Illustrationen von Sebastian Meyer

KOSMOS

1. Kapitel

Es war ein ganz normaler Nachmittag im Zoo.

Die Tierpfleger fütterten die Schimpansen und die Mini-Schweine. Die Schweine quiekten und verdrückten schmatzend ihre Äpfel, während die Affen heftig winkten, um noch mehr zu bekommen. Die Störche klapperten mit den Schnäbeln und die Flamingos reckten die Hälse nach Brotkrumen, die eine Gruppe von Kindern ihnen zuwarf.

Hamlet, der junge Wolf, döste in der warmen Sonne in seinem Gehege und ließ sich auch nicht von Knut, dem Tierpfleger stören, der mit Gummistiefeln an den Füßen und einem Besen in der Hand durch das Wolfsgehege stapfte und sauber machte.

Doch plötzlich knallten schnelle Schritte über den Rundweg des Zoos, und Hamlet war sofort hellwach. Er kannte diese Schritte. Alle Tiere im Zoo kannten sie. Und sie verhießen selten etwas Gutes. Selbst Knut beeilte sich plötzlich mit dem Fegen und hielt den Blick gesenkt, als wollte er sich unsichtbar machen.

Die Schritte kamen näher. Dann legte sich ein Schatten über Hamlet, und die Sonnenstrahlen, die gerade noch so schön seinen Rücken gewärmt hatten, wurden von einer großen, bedrohlichen Gestalt in einem schwarzen Anzug verdeckt: der Gestalt von Zoodirektor Müller.

Müller hatte kein Herz für Tiere, wie ein Zoodirektor es eigentlich haben sollte. Er benutzte die Tiere, um sich an ihnen zu bereichern. Das konnte Hamlet sogar riechen. Wie alle Wölfe hatte er eine sehr feine Nase und konnte die Gefühle von Menschen wittern. Und Müller verströmte den Geruch von Gier mit einer Prise Grausamkeit.

In der Vergangenheit waren immer wieder Tiere aus dem Zoo verschwunden, weil Müller sie an reiche Menschen verkauft hatte. Es gab immer jemanden, der schon immer mal ein junges Känguru haben wollte, einen Schimpansen oder eine Anakonda. Tags darauf hieß es dann, das Tier sei leider über Nacht verstorben. Die übrig gebliebenen Tiere wussten es natürlich besser. Aber wer hört schon auf das Jaulen und Knurren und Bellen aus den Gehegen?

Hamlet sprang ängstlich auf und begann, hin und her zu laufen. Doch der Zoodirektor mit den kalten Augen und dem breiten schwarzen Schnurrbart starrte ihn durch die Gitterstäbe hindurch an und verfolgte jede seiner Bewegungen.

»Machen Sie mal schneller da!«, herrschte er den Tierpfleger an. »Wie heißen Sie noch mal?«

»Knut«, sagte Knut.

»Knut, aha! Arbeiten Sie immer so langsam? Den Namen muss ich mir wohl merken. Los doch, hier ist es sauber genug, es warten noch andere Käfige!«

Eilig nahm Knut seinen Besen und suchte das Weite.

Nun waren Müller und Hamlet allein.

»Dein Fell ist wirklich schön, Wolf. Constanze hat einen

guten Geschmack. Und zum Glück bist du noch jung. Ein paar Jahre älter und dein Pelz wäre zu stumpf und struppig, um ihn meiner Tochter zu schenken. Sie ist anspruchsvoll, weißt du. Für sie kommt nur das Beste infrage.«

Unwillkürlich stellten sich Hamlet die Nackenhaare auf und er knurrte den Zoodirektor an und fletschte die Zähne.

»Ja, ja, knurr mich nur an, mein junger Wolf. Es wird dir nichts nützen. Morgen früh, wenn die Sonne aufgeht, hat dein letztes Stündlein geschlagen. Mal sehen, vielleicht lasse ich deinen Kopf ausstopfen und hänge ihn mir ins Wohnzimmer an die Wand. Zwischen dem Eisbären und dem Tiger ist noch Platz. Dann kannst du die Zähne fletschen, bis du von Motten zerfressen bist.« Müller lachte, dann drehte er sich um und schlenderte davon. Er tätschelte noch ein paar Schulkindern, die gerade auf dem Weg zu den Zebras waren, den Kopf, dann war er verschwunden.

Hamlet wurde von Angst und Wut überwältigt. Er war so außer sich, dass seine Hinterläufe zitterten und er ein ängstliches Knurren ausstieß, als Knut zurückkehrte. Der Tierpfleger hatte offenbar in der Nähe gewartet und den Zoodirektor belauscht. Mit hängenden Schultern trat er auf Hamlet zu.

»Armer Hamlet«, seufzte Knut und strich dem Wolf durch das Gitter übers Fell. »Müller ist so grausam! Aber ich kann nichts für dich tun. Tut mir wirklich leid. Mach's gut, alter Junge.«

Hamlet meinte, eine Träne in den Augen des Tierpflegers schimmern zu sehen. Dann wandte Knut sich ab und schlurfte aus dem Gehege. Für heute schloss der Zoo seine Pforten.

Im nächsten Gehege quer über den Weg regte sich ein riesiger Fellberg. »Oh Mann, Hammi«, sagte Hamlets bester Freund, der Gorilla Barnabas. »Das klingt aber gar nicht gut, was der Knut da sagt. Sieht aus, als würde Müller es wirklich ernst meinen. Ich dachte ja erst, der macht bloß Spaß.«

»Spaß? Das war bestimmt kein Spaß!« Die Verzweiflung schnürte Hamlet die Kehle zu. »Müllers jüngste Tochter wird bald sechzehn. Und du weißt genau, was passiert ist, als seine anderen Töchter sechzehn wurden.«

Barnabas wusste es. Zwei Mal schon waren Tiere aus dem Zoo verschwunden: ein Eisbär und ein Tiger. Einfach so, spurlos. Und jedes Mal war eine von Müllers Töchtern kurz darauf mit einem Pelzmantel herumgelaufen, den sie zu ihrem sechzehnten Geburtstag geschenkt bekommen hatte: die eine mit einem Eisbärpelz, die andere mit einem Tigerpelz.

»Müllers Tochter stand in den letzten Wochen immer wieder vor meinem Käfig und hat mich angestarrt. Nein, eigentlich nicht mich, sondern mein Fell. Sie hatte ganz glänzende

Augen dabei. Und den gleichen gierigen Geruch wie ihr Vater. Ich hab es immer geahnt, Barnabas: Eines Tages werde ich als Pelzmantel enden. Jetzt ist es also so weit.«

»Aber vielleicht überlegt Müller sich das noch mal anders und kauft einen Kunstpelz. Oder Knut hilft dir. Der mag dich doch. Vielleicht unternimmt er was. Meinst du nicht?«

Hamlet wurde wütend. »Quatsch! Er ist ein Wärter, Barni! Damit ist die Sache ja wohl klar. Er hätte mich längst befreien können, wenn er gewollt hätte. Stattdessen überlässt er mich meinem Schicksal. Er ist kaum besser als Müller. Menschen sind alle gleich.«

»Ach, Quatsch, der tut auch nur, was er tun muss. Weil er sonst seinen Job verliert.«

»Barnabas, du verstehst die Menschen einfach zu gut. Dabei haben sie dich aus deiner Heimat entführt und in einen Käfig gesperrt.«

»Und du verstehst sie immer noch nicht, Hammi. Dabei bist du hier geboren worden. Dein ganzes Leben hast du im Zoo unter Menschen verbracht.«

Hamlet senkte den Kopf. »Ja, ich weiß. Aber das ist ja morgen vorbei.«

»Ist es nicht«, widersprach der Gorilla. »Jedenfalls nicht, wenn du von hier abhaust.«

Aber Hamlet war nicht nach aufmunternden Worten zumute. »Und wo soll ich dann hin? Ich kann mich ja schlecht hier im Zoo verstecken.«

Barnabas sah Hamlet ruhig an. »Du musst natürlich raus aus dem Zoo. Und dann musst du das Wilde Pack suchen.«

»Das Wilde Pack!« Hamlet hätte am liebsten laut aufgeheult. »Fängst du schon wieder damit an, Barnabas? Das Wilde Pack ist eine schöne Geschichte. Aber auch nicht mehr. Noch nie hat irgendein Tier dieses Wilde Pack zu Gesicht bekommen.«

Barnabas streckte eine seiner Pranken aus, als wollte er Hamlet streicheln. »Hammi«, sagte er leise. »Das Wilde Pack gibt es wirklich! Es sind Tiere, die an einem Geheimversteck hier in der Stadt leben. Sie sind vor den Menschen geflüchtet und haben sich zusammengetan. Wer das Wilde Pack findet, der wird von ihm aufgenommen. Dort gibt es keine Menschen. Und keine Käfige. Dafür haben die Tiere dort immer genug zu trinken und zu essen, nur die feinsten Sachen! Und es ist warm und schön da, sie leben in einem Paradies! Du musst das Wilde Pack nur finden, dann bist du gerettet!«

Für einen Augenblick wurde Hamlet ganz leicht ums Herz. »Wenn es nur wahr wäre«, murmelte er. »Wenn ich aus dem Zoo entkommen und das Wilde Pack finden würde … dann müsste ich vielleicht nicht sterben.« Hamlets Blick fiel auf die Gitterstäbe vor ihm. »Aber ich stecke ja in diesem Käfig fest. Und hier komme ich auch nicht raus. Knut wird mir nicht helfen und auch sonst niemand.«

Barnabas kicherte, was in etwa so klang wie die Brandung an einem Kieselstrand. »Ach, Hammi, das glaubst du doch nicht wirklich, oder? Vielleicht hast du ja recht mit Knut, aber meinst du echt, dass *ich* dich im Stich lasse?«

Hamlet warf dem Gorilla einen traurigen Blick zu. »Das ist wirklich nett von dir, aber ich wüsste nicht, wie du mich hier herausholen könntest.«

Barnabas zeigte seine spitzen Reißzähne, als er grinste. »Ich schon. Guck mal!« Er sprang zum nächsten Ast seines Kletterbaums hinauf, der unter dem Gewicht des Gorillas ächzte und knackte, hangelte sich in Windeseile nach oben und schwang sich auf ein Betonpodest. Das Podest war so hoch, dass die Wärter niemals dorthin kamen. Es wurde auch nie gereinigt. Zum Glück. Denn erstens mochte Barnabas den Geruch von Sauberkeit nicht. Und zweitens hatte so noch niemand sein Geheimversteck entdeckt: einen alten Fressnapf, unter dem er seine größten Schätze aufbewahrte. Eine goldene Armbanduhr, die einem dicken, schwitzenden Mann mal vom Arm gerutscht war, nachdem Barnabas ihn erschreckt hatte. Eine Packung Gummibärchen, die Barnabas schon seit Monaten aufbewahrte. Barnabas liebte Gummibärchen. Barnabas liebte eigentlich alles, was man essen konnte. Aber Gummibärchen liebte er so sehr, dass er sie für einen ganz besonderen Tag aufgehoben hatte. Und dann waren da noch zwei kleine, gefiederte Pfeile, beide nicht größer als sein kleiner Finger. Triumphierend hielt er sie hoch.

»Was ist denn das?«, wollte Hamlet wissen.

»Das sind Dartpfeile. Man kann sie werfen.«

»Ich kann mir schon denken, wonach die Menschen damit werfen«, knurrte Hamlet.

Barnabas schüttelte seinen massigen Kopf. »Du schätzt die Menschen völlig falsch ein, Hammi. Das ist ein Spiel bei denen.«

»Ein Spiel? Es ist ein Spiel, diese Pfeile nach dir zu werfen? Gib's doch zu, Barni, genau das haben sie mit dir gemacht, oder?«

Barnabas senkte den Blick. »Jaaaa … schon … aber sie haben ja gar nicht getroffen.« Er lachte schnaubend. »Und selbst wenn, glaubst du, diese kleinen Dinger tun weh?«

»Aber was willst du denn nun eigentlich damit? Willst du sie Müller in den Hintern jagen?«

Barnabas' Lachen steigerte sich zu einem Brüllen, bei dem

jeder Zoobesucher ängstlich ein paar Schritte zurückgewichen wäre. »In den Hintern jagen! Der war gut, Hammi, der war echt gut! In den Hintern jagen! Gar keine schlechte Idee! Das sollte ich vielleicht machen. Aber ich dachte an was anderes: Müller wird bestimmt mit seinem Betäubungsgewehr kommen. Wenn dich so ein Betäubungspfeil trifft, dann schläfst du sofort ein und bist nicht mehr gefährlich für ihn. So hat er mich damals ja auch in Afrika gefangen, als ich noch klein war. Aber jetzt kommt der Trick: Ich tausche die Betäubungspfeile einfach gegen die Dartpfeile aus.« Barnabas sah Hamlet begeistert an.

Der Wolf reagierte nicht.

»Ist doch super, oder?«

Hamlet wusste nicht, was er sagen sollte. »Das ist dein Plan? Das soll mir das Leben retten?« Barnabas' Hilfsbereitschaft war rührend, aber Hamlet konnte sich kaum vorstellen, dass es irgendeinen Sinn hatte. »Wie willst du das denn machen? Du kommst doch niemals an das Betäubungsgewehr heran. Und was ist danach? Ich meine, das löst doch das Problem nicht! Müller wird den Irrtum sofort bemerken. Und dann muss ich sterben.«

Doch der Gorilla kicherte siegesgewiss. »Lass mich mal machen, Hammi! Lass mich mal machen!«

2. Kapitel

In der Nacht tat Hamlet kein Auge zu. Unruhig wanderte er in seinem Gehege auf und ab. Es war sternenklar und kühl. Normalerweise hätte er die frische Luft genossen und den Rufen der Hyänen und Stachelschweine gelauscht oder ein wenig den Mond angeheult, doch er musste immerzu an den nächsten Morgen denken. Barnabas' Plan würde niemals klappen, er war einfach zu verrückt. In ein paar Stunden würde Hamlet ein Pelzmantel sein, und daran konnte auch sein bester Freund nichts ändern.

Der Morgen graute, die Hyänen wurden leiser, die anderen Tiere erwachten – und mit ihnen auch Zoodirektor Müller.

Die Sonne war noch nicht aufgegangen, als Müller sich wie ein Dieb an das Gehege heranschlich. Hamlet stellte sich schlafend, doch er hatte ein Auge geöffnet und beobachtete genau, was passierte.

Müller hatte seinen schwarzen Anzug gegen khakifarbene kurze Hosen getauscht. Auf dem Kopf trug er einen Tropenhelm. Er benahm sich, als wäre er auf Safari. In der rechten Hand trug er das Betäubungsgewehr! Hamlet konnte seine Aufregung wittern. In diesem Moment roch Müller kaum nach Mensch. Eher wie ein Raubtier auf der Jagd.

Müller ließ Hamlet nicht aus den Augen, bis er direkt vor seinem Gitter stand. Doch plötzlich wurde sein Blick von etwas anderem abgelenkt: Etwas Kleines, Glänzendes lag auf dem Boden. Ein Gummibärchen, das in der aufgehenden Sonne schimmerte. Dieses eine Gummibärchen hätte Müller wahrscheinlich nicht beachtet, doch direkt daneben lag noch eines. Und noch eines. Und noch eines. Eine Spur aus

Gummibärchen führte geradewegs Richtung Gorillagehege. Sie war ein bisschen krumm und schief, aber sie konnte unmöglich ein Zufall sein. Müller war neugierig wie alle Menschen. Und ebenfalls wie alle Menschen hatte er eine Schwäche für glänzende Dinge. Also folgte er der Spur, den Blick immer auf den Boden gerichtet, bis er vor dem Gitter zum Gorillagehege stand. Direkt dahinter war ein breiter und tiefer Graben. Dort unten, zwischen leeren Coladosen, Eisstielen und Plastikverpackungen, setzte sich die Spur fort. Dann bemerkte Müller, dass die Spur bis ins Gehege selbst führte.

»Merkwürdig«, murmelte der Zoodirektor. »Welcher Verrückte legt denn eine Spur aus Gummibärchen in einen Gorillakäfig?« Müller sah sich um. Doch außer Barnabas, der in einer Ecke seines Geheges zu schlafen schien, war niemand zu sehen.

Leise entsicherte Müller sein Betäubungsgewehr. Dann öffnete er die Gittertür und fuhr die Holzplanke aus, die über den Graben führte. Vorsichtig betrat er das Gorillagehege. Die Gummibärchen führten bis zum Kletterbaum. Und dort ging es weiter, die Äste hinauf bis ganz nach oben! Müller folgte ihnen mit seinem Blick. Hoch oben in der Baumkrone hing etwas, das golden glänzte.

Hamlet konnte förmlich sehen, wie es in Müllers Augen aufblitzte. Er konnte seine Gier wittern. Der Zoodirektor stellte sein Gewehr ab und kletterte auf den Baum. Alles andere um sich herum hatte er vollkommen vergessen. Auch den schlafenden Berg aus schwarzem Fell in der Ecke, der sich plötzlich bewegte.

Barnabas schlich sich so leise, wie es einem Gorilla möglich ist, an das Gewehr heran, hantierte daran herum und schlich wieder zurück.

Wenige Augenblicke später war Müller zurück auf dem Boden, an seinem Arm eine goldene Uhr, die er fasziniert betrachtete. »Sachen gibt's …«, murmelte er. »Wie kommt denn eine nagelneue, goldene Armbanduhr hierher?« Er kicherte leise. Dann nahm er sein Gewehr wieder zur Hand, verließ das Gehege, zog die Planke ein und machte sich auf den Weg zu Hamlet. Wieder fuhr Hamlet der gierige Geruch des Zoodirektors in die Nase. Dann war Müller am Gitter angelangt. Er öffnete es.

Der Wolf zitterte. Er konnte nichts dagegen tun. Seine Angst war in diesem Moment so groß, dass er aufsprang und Müller zornig anknurrte, obwohl er sich vorgenommen hatte, weiter den Schlafenden zu spielen.

Müller grinste breit, näherte sich ihm ganz langsam und

hob das Gewehr. »Dein Pelz ist wirklich wunderschön, Wolf!« Er legte das Gewehr an, spannte es, zielte und schoss.

Der Pfeil traf Hamlet im rechten Hinterlauf. Er jaulte auf. Hatte Barnabas nicht behauptet, die Dinger würden gar nicht wehtun? Typisch! Gorillas und ihr dickes Fell! Hamlet winselte, schnappte nach dem Pfeil und zog ihn heraus.

Der Zoodirektor sah auf seine neue Uhr. »Ein paar Sekunden noch, dann wirst du schlafen«, sagte er.

Doch Hamlet wurde nicht einmal müde. Im Gegenteil: Der Schmerz hatte ihn erst so richtig wach gemacht. Wach und wütend. Knurrend trat er auf Müller zu.

Der Zoodirektor wich erschrocken zurück. »Aber was …« Schnell hob er das Gewehr und schoss erneut. Diesmal traf er in die Seite. Hamlet wurde beinahe schwarz vor Augen. Dann aber riss er auch diesen Pfeil heraus und stürzte sich auf Müller. Innerhalb von Sekunden lag der Mann wimmernd unter ihm, versuchte ihn abzuwehren – und präsentierte ihm seine haarlose Kehle. Hamlet fletschte die Zähne.

»Hamlet, nein!«, rief Barnabas plötzlich. »Tu's nicht!«

Hamlet knurrte. »Aber wenn ich es nicht tue, wird er mich töten!«

»Aus dem Weg!«

»Was?«

»Aus dem Weg, Hammi!«

Hamlet blickte auf und sah gerade noch, wie Barnabas mit dem Betäubungspfeil ausholte. Er sprang zurück. Müller drehte sich um und krabbelte auf allen vieren davon. Zu langsam. Der Pfeil flog durch das Gitter und traf Müller genau in den Hintern.

Sekunden später schlief der Zoodirektor selig mitten im Wolfsgehege. Und Barnabas lachte.

»Hihi! Ich sagte doch, Hammi, das klappt bestimmt! Und? Hat es geklappt? Na? Hat es geklappt?«

»Es hat geklappt!«, keuchte Hamlet erleichtert. Er konnte es noch gar nicht fassen. Müller lag reglos vor ihm und konnte ihm nichts mehr tun. »Aber was jetzt?«

»Jetzt musst du abhauen, Hammi, ist doch klar! Müller wird nicht ewig schlafen. Und wenn er wieder aufwacht, will er dir bestimmt immer noch das Fell über die Ohren ziehen.«

»Und was ist mit dir?«

»Was soll mit mir sein? Ich komme schon klar, Hammi, mach dir mal keine Sorgen. Aber los jetzt, du musst dich beeilen, bald kommen die Wärter. Die werden sofort merken, was los ist.«

»Beeilen? Aber … aber wo soll ich denn hin?«

»Na, in die Freiheit! Wie ich es dir gesagt habe!«

Hamlet sah durch die offene Tür des Geheges. Noch nie in seinem Leben war er da draußen gewesen. »Alleine? Das schaffe ich nicht. Du musst mitkommen, Barni!«

»Mitkommen? Wie denn, Hammi? Ich komme nicht aus meinem Gehege raus! Du bist jetzt frei, das ist wichtig! Außerdem würden die mich da draußen sofort kriegen. Gorillas kommen in der Stadt nicht so oft vor, glaube ich. Du kannst dich besser tarnen. Sie werden alle glauben, du wärst ein Hund. Nun lauf schon, Hammi!«

Hamlet zögerte. Ihm war ganz schlecht vor Aufregung und Angst. Barnabas hatte recht: Die Freiheit lag direkt vor seiner Nase. Aber wenn er jetzt ging, dann war er auf sich allein gestellt. Wie sollte er da draußen, jenseits der Zoomauern, überleben? Ohne einen Freund, der ihm zur Seite stand?

Ein Geräusch lenkte ihn ab. Hamlet stellte die Ohren auf und schnüffelte. Er witterte Menschen. Aufgeregte Menschen, die schnell näher kamen.

»Da sind sie schon!«, sagte Barnabas. »Sie haben Müller entdeckt! Sie kommen! Schnell, Hammi, du musst jetzt gehen!«

»Aber sie werden mich sofort kriegen, Barni!«

»Nicht wenn du dich versteckst.«

»Wo denn?«

»Das habe ich dir doch gesagt! Beim Wilden Pack! Beeil dich!«

Hamlet wollte noch etwas sagen. Er wollte eine ganze Menge sagen. Aber es war keine Zeit mehr. Die Wärter kamen angerannt. Sie riefen etwas. Sie dachten, Hamlet hätte Müller umgebracht.

Der Wolf verließ sein Gehege mit einem riesigen Satz. »Danke, Barnabas. Danke für alles! Ich werde dich hier rausholen, das verspreche ich dir!«

Barnabas lachte traurig. »Red doch keinen Unsinn, Hammi. Du kannst mich hier nicht rausholen. Ich hätte da draußen keine Chance. Du schon.«

»Trotzdem«, sagte Hamlet. Doch zu mehr kam er nicht. Die Wärter waren da. Sie waren in heller Aufregung. Einer von ihnen hatte ein Netz. Hamlet wusste, dass er verloren war, sobald er unter das Netz geriet. Er warf Barnabas einen letzten Blick zu, dann rannte er los, stürmte an den Männern vorbei zum Ausgang und verließ den Zoo zum allerersten Mal in seinem Leben.

3. Kapitel

Hamlet hatte immer gedacht, er wäre frei, wenn er nur jemals die Zoomauern hinter sich lassen könnte. Doch als das nun wirklich geschah, hatte er plötzlich ein ganz anderes Problem: Die Freiheit sah nämlich nicht so aus, wie er sie sich vorgestellt hatte.

Kein bisschen.

Auf einen Schlag prasselten Millionen neuer Gerüche und Geräusche auf Hamlet ein, eines fremder und erschreckender als das andere.

Und es gab Menschen. Unglaublich viele Menschen. Überall! Hamlet konnte ihnen gar nicht ausweichen. Wohin er auch lief, sie waren da. Große und kleine, dicke und dünne. Es wimmelte nur so von ihnen. Und anders als im Zoo, wo die Menschen gemütlich und mit großen Augen umherschlenderten, drängten sie sich in Freiheit aneinander und stießen sich hektisch durch die Straßen. Sie eilten in bunte, glitzernde Gehege, die keine Gitter, sondern Glasscheiben hatten, und kamen dann mit großen, vollgestopften Tüten wieder zurück auf die Straße. Wie Ameisen wuselten sie durcheinander, so dass es kaum Platz für Hamlet gab.

Aber die Wärter waren immer noch hinter ihm her, also rannte Hamlet einfach los, mitten durch die Menschenmenge.

»He, du dummer Köter, mach, dass du wegkommst!«, brüllte plötzlich ein Mann.

Ein Kind sah ihn auf sich zurennen, schrie und klammerte sich ängstlich an seine Mutter.

Ein Junge, der auf einem Skateboard über den Gehsteig flitzte, fiel vor Schreck von seinem Brett, das daraufhin in Hamlets Richtung schoss. Hamlet machte einen Satz, sprang über das Skateboard hinweg und jagte weiter mitten durch das Getümmel. Er musste weg hier, irgendwo hin, wo keine Menschen waren, wo er sich verstecken und ausruhen und nachdenken konnte.

Da war eine Straße. Und die war voller Autos. Hamlet wusste, was Autos waren. Durch den Zoo fuhr manchmal eins. Darin saßen Leute, die die Mülleimer ausleerten oder die Bäume beschnitten oder im Winter den Schnee wegfegten. Aber die Autos in der Stadt waren ganz anders. Sie fuhren nicht gemächlich von einem Mülleimer zum anderen. Sie *rasten*! Und es waren auch nicht bloß zwei oder drei, sondern hunderte! Sie röhrten und hupten und stanken und machten

Hamlet solche Angst, dass er den Kopf senkte und knurrte.

»Wem gehört denn dieser Hund!«, schrie jemand direkt neben ihm. »Der ist ja gefährlich!«

»Hau ab, du Mistvieh!« Jemand trat nach ihm.

Hamlet heulte auf und rannte vor Angst einfach los, mitten auf die Straße.

Die Autos waren wie ein gewaltiger Fluss aus Blech und Gestank, der sich in der Mitte der Menschen seinen Weg bahnte. Vor einem wahren Ungetüm von Lastwagen gab es eine Lücke, durch die Hamlet es vielleicht auf die andere

Seite schaffen konnte. Doch er hatte sich verschätzt. Er hatte erst ein, zwei Sätze gemacht, da war der Lastwagen auch schon vor ihm. Eine Hupe dröhnte und Hamlet duckte sich in letzter Sekunde. In einer schwarzen, stinkenden Wolke und mit einem irren Getöse, das die Straße erbeben ließ, donnerte der Lastwagen über ihn hinweg.

Hamlet sprang wieder auf die Pfoten und rannte weiter. Reifen quietschten, etwas schepperte hinter ihm, doch der Wolf achtete nicht weiter darauf. Er hatte nur die andere Straßenseite im Blick. Dann war er endlich drüben.

Und weiter ging es. An endlosen Häuserreihen vorbei, an Geschäften, an Straßenbahnen, an Radfahrern, an stinkenden Mülleimern, an Kreuzungen, an Menschen, Menschen, Menschen. Warum hörte denn das nicht auf? So groß konnte eine Stadt doch gar nicht sein! War es möglich, dass die ganze Welt eine einzige, große Stadt war? Dass es die Wildnis, aus der Barnabas kam, gar nicht mehr gab? Dass die Menschen einfach überall lebten?

Hamlet rannte so lange, bis ihn die Kräfte verließen. Seine Lungen brannten, und seine Pfoten taten ihm weh, denn er war noch nie in seinem Leben so weit gelaufen. Außerdem bekam er Hunger. Er wurde langsamer und hechelte mit der Zunge, damit die kühle Luft ihn erfrischte.

Schließlich blieb er stehen. Und erst jetzt merkte er, dass sich seine Umgebung verändert hatte. Hier waren gar nicht mehr so viele Menschen. Nervös zog Hamlet die Luft durch die Nase. Es roch immer noch nach Stadt, aber irgendwie anders als vorhin.

Autos waren immer noch da, eine ganze Menge sogar. Aber sie waren alle kaputt und übereinandergestapelt und bewegten sich nicht.

Hamlet verkroch sich unter einem Autowrack und versuchte, sich zu beruhigen und wieder zu Atem zu kommen. Er hatte keine Ahnung gehabt, dass man so weit laufen konnte. Die Welt da draußen war riesig, viel, viel größer, als er sie sich jemals vorgestellt hatte. Da draußen? *Hier* draußen. Hamlet war jetzt ein Teil davon. Ob Barnabas das gewusst hatte? Wohl kaum.

Hamlets Magen knurrte. Und plötzlich fiel ihm auf, dass es keinen Knut mehr gab, der jeden Tag zur gleichen Uhrzeit kam und ihm etwas zu essen brachte. Niemand würde ihm etwas bringen. Und zu trinken auch nicht. Und wenn er krank werden würde, wer kümmerte sich dann um ihn?

Niemand.

Sicher, es würde ihn auch niemand mehr zu einem Pelzmantel verarbeiten wollen. Aber in diesem Moment war ihm das ganz egal. Wenn Barnabas hier gewesen wäre, hätte der ihn jetzt sicher getröstet. Aber Barnabas war weit, weit weg. Hamlet hatte alles verloren, sogar seinen einzigen Freund.

Traurig leckte er ein wenig Wasser aus einer Pfütze. Es schmeckte bitter und ölig und stillte seinen Durst überhaupt nicht. Müde und traurig rollte Hamlet sich zusammen und fiel in einen erschöpften Schlaf.

Als er erwachte, verschwand die Sonne eben über den Dächern der Häuser. Sein Hunger war nicht verschwunden, er war noch viel, viel schlimmer geworden. Auch seinen wunden Pfoten ging es überhaupt nicht besser. Verzweifelt blickte Hamlet über die aufgestapelten Autos. Wie sollte er hier draußen allein überleben?

Hamlet dachte an Barnabas. »Du musst das Wilde Pack suchen, Hammi!«

Nur wie?

»Wer sucht, der findet, Hammi! Aber wenn du da liegen bleibst, dann passiert gar nichts.«

Mühsam kroch Hamlet aus seinem Versteck. Wachsam streunte er in der Dämmerung über den staubigen, menschenleeren Platz. Wohin sollte er gehen?

Er hatte sich noch nicht für eine Richtung entschieden, als plötzlich etwas Smaragdgrünes um Hamlets Kopf herumflirrte und -flatterte. Ein Insekt? Hamlet wollte es wegschnauben, doch dann setzte sich das Etwas genau auf seine Schnauze. Es war ein Vogel. Allerdings so ziemlich der kleinste, den Hamlet je gesehen hatte, er passte bequem auf seine Nase. Sein Gefieder schimmerte im restlichen Tageslicht wie ein Edelstein. Und seine winzigen schwarzen Augen blickten ihn neugierig an.

»Du bist nicht von hier. Was bist du für'n Tier?«, piepste er plötzlich.

»Was bist du denn für ein Wicht?«, fragte Hamlet verwirrt.

Doch schon flitzte der kleine grüne Fleck wieder in die Luft, surrte um sein linkes Ohr, dann um sein rechtes. Er blieb in der Luft stehen, flog rückwärts und schien irgendwie überall gleichzeitig zu sein. »Was bin ich für'n Wicht? Das weißt du wohl nicht! Mein Name ist Spy aus dem Kolibri-Ei!«

»Spy, so so. Wenn mich nicht alles täuscht, gehörst du genauso wenig hierher wie ich.«

»Ich leb überall. Ist mir ganz egal. Doch du musst schnell geh'n. Sonst können sie dich seh'n.«

»Wer sieht mich? Und gehen? Das würde ich ja gern. Wenn ich wüsste wohin.«

Nun flitzte Spy direkt vor sein linkes Auge. »Du bist doch auf Zack!« Er wechselte zum rechten. »Geh zum Wilden Pack!«

Hamlet war wie elektrisiert. »Was hast du da gerade gesagt? Zum Wilden Pack? Gibt es das wirklich? Wo denn? Wie komme ich dahin? Wer ist denn das Wilde Pack?«

Der Kolibri zuckte zusammen unter so vielen Fragen. »Bist du etwa taub? Die Ohren voll Laub?«

»Weißt du, wo ich das Wilde Pack finden kann?«

»Das ist doch wohl klar! Wir sind schon fast da!«

»Wo, Spy? Wohin muss ich gehen? Wo lebt das Wilde Pack?«

Anstatt zu antworten, flirrte der Kolibri ein paar Meter in die Höhe, blieb eine Sekunde lang in der Luft stehen und schoss davon. »Hab nicht so viel Zeit, es ist nicht mehr weit!«, zwitscherte er noch, dann war er hinter einem rostigen Autowrack verschwunden.

Hamlet folgte Spy, so schnell er konnte. Obwohl Spy ein Winzling war, war er viel, viel schneller als Hamlet. Er zischte auf dem Schrottplatz hin und her, dass Hamlet ihn kaum noch sah. Ohne seine feine Nase hätte er den Vogel bald verloren. Doch dann landete Spy auf der in den Himmel gereckten Schaufel einer Planierraupe. Hamlet hatte so etwas schon einmal gesehen: Als ein neuer Weg für die Besucher des Zoos angelegt worden war, war genau so ein Ding auf zwei breiten Stahlketten zwischen den Gehegen hindurchgewalzt und hatte einen Höllenlärm und Gestank verbreitet. Doch dieses Exemplar war völlig leblos. Der Rost hatte die Ketten zerfressen und aufgelöst, und das Gefährt war bereits so weit in den Boden gesunken und von wildem Gestrüpp überwuchert worden, dass es beinahe aussah, als sei es selbst aus der Erde gewachsen.

Und dann war da noch etwas. Ein seltsamer Geruch. Eine rätselhafte Witterung, anders als alles, was Hamlet jemals gerochen hatte. Ein Geruch von vielen verschiedenen Spuren und Tieren.

»Nun lauf schon, mach hin! Es ist gleich da drin!«

»Da … da drin?«, fragte Hamlet irritiert. »Was denn? Wo?«

»Da unten beim Moos! Ich muss wieder los!« Und zack! So plötzlich, wie er aufgetaucht war, war Spy verschwunden. Und Hamlet stand allein unter der Baggerschaufel und versuchte herauszufinden, was der Kolibri gemeint hatte.

Ja, da war Moos, und zwar genau unter der Planierraupe. Dort, wo der seltsame Geruch herkam. Mit der Nase am Boden kroch Hamlet unter das Stahlungetüm. Und dann sah er es: Ein dunkles, großes Loch, das von Moosteppichen umgeben war und mitten in die Erde führte.

4. Kapitel

Hamlet starrte in die Finsternis. »Spy?«, rief er leise. »Bist du da drin?«

Doch der Kolibri antwortete nicht.

Hamlet schnupperte. Der fremde Geruch kam wirklich aus dem Loch. Aber was bedeutete er? Wer war da? Konnte er es wagen, dort hineinzukriechen? Oder war es vielleicht eine Falle? Lauerte da unten vielleicht sogar etwas, das noch schlimmer war als die Stadt?

Zögernd steckte Hamlet den Kopf in die Dunkelheit und sah sich um. Ein dunkler Gang war in die Erde gegraben worden. Er führte abwärts. Sonst war nichts zu erkennen.

Vorsichtig schob sich Hamlet vorwärts. Lose Erde geriet unter seinen Pfoten ins Rutschen, es war kalt und feucht. Und eng. Hamlet mochte keine Enge. Er brauchte den offenen Himmel über sich und die Möglichkeit, jederzeit in jede beliebige Richtung laufen zu können. Ein finsterer Tunnel war nicht gerade der geeignetste Ort für ihn. Doch Hamlets Neugier war stärker als seine Angst. Er wollte den Ursprung des geheimnisvollen Geruchs finden, mehr war im Moment nicht wichtig.

Es ging weiter abwärts. Nach einer Weile wurde der Gang breiter. Die Erde wurde fester und trockener, und irgendwann ging der Tunnel in einen Gang aus Felsen über. Hamlet kniff erstaunt die Augen zusammen. Hier gab es plötzlich Licht: Die Wände leuchteten schwach in einem geisterhaften Grün und Blau. Hamlet schnupperte. Es waren Pflanzen, die in dünnen Flechten auf dem Felsen wuchsen und das Licht abgaben. Dann öffnete sich der Tunnel zu einer schimmernden Höhle. An einigen Stellen tröpfelte Wasser. Hamlet blieb stehen und leckte daran.

Das Wasser schmeckte nicht so gut wie im Zoo, aber zumindest war es nicht so bitter wie vorhin die Pfütze. Gierig stillte Hamlet seinen größten Durst. Dann lief er weiter in den Felsentunnel. Immer noch lag der Geruch von Tieren in der Luft. Aber was für Tiere? So sehr Hamlet sich auch bemühte, er bekam es einfach nicht raus. Er lief um eine Biegung und war plötzlich in einem Gang, der vollkommen anders beschaffen war: Er war gerade und rechtwinklig und aus rotem Backstein, und Hamlet wusste sofort, dass Menschen ihn erschaffen hatten.

Wie angewurzelt blieb er stehen. War das hier vielleicht

nichts anderes als eine unterirdische Stadt? Lebten auch hier Menschen, nur dass sie anders rochen als ihre Artgenossen weiter oben? Es war auch plötzlich viel wärmer geworden. Verwirrt schnupperte Hamlet in alle Richtungen. Woher kam denn nur diese Wärme? Dann entdeckte er etwas: Unter der Decke verliefen dicke Rohre. Und in einigen rauschte und gurgelte heißes Wasser. »Das sind Rohre von Menschen«, flüsterte Hamlet. »Sie dürfen mich auf keinen Fall sehen!«

Er wollte sich schon umdrehen und davonlaufen, doch in diesem Moment mischte sich ein neuer Geruch in die Luft. Da war ein Tier ganz in der Nähe. Doch noch bevor Hamlet

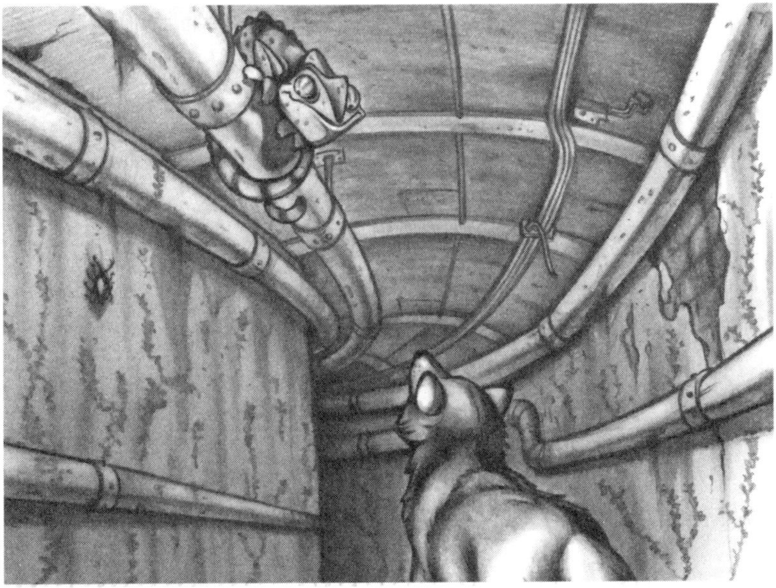

es ausfindig machen konnte, hörte er plötzlich über sich eine zischelnde, leicht gelangweilt klingende Stimme.

»Sieh an, mal wieder ein Neuer.«

Hamlet sah auf. Auf einem der Heizungsrohre saß ein Chamäleon. Hamlet hatte schon einiges über Chamäleons gehört, aber noch nie eines gesehen. Niemals hätte er sich vorgestellt, dass ein Tier so merkwürdig aussehen könnte. Das Chamäleon saß auf dem Rohr und hatte die grau-braune Färbung des Metalls angenommen. Sein langer Schwanz war mehrfach um das Rohr geschlungen, und die Augen blickten in verschiedene Richtungen. Eines fixierte Hamlet, das andere verfolgte ein ahnungsloses Insekt, das an der Wand entlang auf ihn zu krabbelte. Ansonsten war es völlig regungslos.

»Was ist, noch nie ein Chamäleon gesehen?«, fragte das Chamäleon, nachdem Hamlet es sekundenlang schweigend angestarrt hatte.

»Äh … nein.«

Es verdrehte die Augen – in unterschiedliche Richtungen versteht sich. »Dann hast du Glück, dass du gleich so einem Prachtexemplar wie mir begegnest. Ich bin Ampel. Und du bist ein Hund, das sehe ich. Zutritt verweigert. Hunde dürfen hier nicht rein. Du kannst schließlich bei den Menschen wohnen.«

»Kein Hund! Ich bin ein Wolf«, knurrte Hamlet säuerlich.

Das erregte für einen kurzen Moment Ampels Aufmerksamkeit, so dass er tatsächlich beide Augen auf Hamlet richtete. »Wie interessant. Ein Wolf, so so. Wer hat dich aufgegabelt? Oder hast du den Weg etwa allein gefunden?«

»Ein Kolibri hat mir geholfen. Und dann bin ich der Witterung gefolgt.«

»Ihr Säugetiere mit eurem ewigen Geschnupper!«, sagte Ampel verächtlich. »Muss ja echt ein Riesenknaller sein. Und lass mich raten: Der Kolibri hieß Spy und hat lauter unverständliches Zeug geredet. Tut immer so, als sei er ein Dichter. Passt aber unter die Dichter wie ein Po unter die Gesichter.« Das Chamäleon kicherte schnarrend. »Und dann lädt er dich zu uns ein? Das ist mal wieder typisch. Dabei weiß er genau, dass es eh schon viel zu voll ist. Und dann schleppt er so einen Riesen an. Du suchst doch das Wilde Pack, richtig?«

Hamlet nickte heftig. »Dann gibt es euch also wirklich!«, rief er erleichtert. »Das Wilde Pack, ihr seid keine Legende. Ich bin gerettet!«

Ampel verdrehte die Augen. »Dann also auch noch ein Wolf. Name?«

Hamlet wusste nicht, was er sagen sollte.

»Name?«, wiederholte Ampel monoton. »Name?«

»Äh … Hamlet.«

»Geschlecht?«

»Äh … was?«

»Bist du ein Wolfs*junge* oder ein Wolfs*mädchen*? Oder meinst du etwa, ich kann das von hier oben aus sehen?«

»Junge.«

»Gut. Also, Regel Nummer eins: Hier frisst keiner den anderen, klar? Ich weiß ja nicht, was Wölfe so fressen, aber wenn du meinst, dass Spy oder ich oder einer von den anderen irgendwie appetitlich aussieht: Vergiss es!«

In diesem Augenblick knurrte Hamlets Magen so laut, dass Ampel ihm einen ganz komischen Blick zuwarf. »Gut, verstanden«, beeilte sich Hamlet zu sagen. »Und Regel Nummer zwei?«

»Regel Nummer zwei gibt's nicht. Ist schwierig genug, dass alle Regel Nummer eins einhalten. Noch irgendwelche Fragen?«

»*Eine?* Einen ganzen Sack voll!«, rief Hamlet. »Du musst wissen, dass Barni mir von euch erzählt hat. Ich habe immer gedacht, er denkt sich das alles bloß aus. Aber es stimmt. Ampel, du kannst dir gar nicht vorstellen, wie glücklich ich bin, euch gefunden zu haben. Wie viele Tiere seid ihr so? Und wie lebt ihr hier unten?«

»Pfff«, machte Ampel gelangweilt und seine Augen verfolgten einen Käfer an der Wand, den er gerade entdeckt hatte. »Ich weiß nicht, ob sich schon jemand die Mühe gemacht hat zu zählen. Würde sich auch gar nicht lohnen. Die Tiere kommen, die Tiere gehen.«

»Und ihr lebt alle friedlich zusammen?«

»Solange …«, begann das Chamäleon und verstummte, denn nun war der Käfer, der die ganze Zeit im Zickzack über die Wand gekrabbelt war, ganze nahe. Ampel fixierte das Insekt mit beiden Augen und war hoch konzentriert. Dabei sprach er ganz langsam weiter, ohne sich selbst zuzuhören. »Solange niemand den anderen frisst, geht es.« Plötzlich klappte sein Mund auf und eine endlos lange Zunge schnellte wie ein Pfeil hervor. Treffsicher erwischte sie den Käfer. Das bedauernswerte Insekt blieb an der Zungenspitze kleben und war einen Augenblick später schon in Ampels Rachen verschwunden. Genüsslich schmatzend kaute er auf dem Käfer herum und schluckte ihn schließlich herunter. Dann erst wurde ihm klar, dass Hamlet ihn die ganze Zeit beobachtet hatte. »Oh.«

»Solange niemand den anderen frisst? Gilt das nicht auch für Käfer?«

Die schuppige Haut des Chamäleons wurde ein kleines

bisschen röter. Man hätte meinen können, er schämte sich. Zumindest ein wenig. »Verrat's keinem, okay?«

Hamlet schnaubte verächtlich. Er konnte nur hoffen, dass nicht alle Tiere im Wilden Pack so waren wie Ampel. »Wo sind denn die anderen?«

Ampel blinzelte. »Irgendwo da hinten. Ist doch egal. Meinst du, die warten auf dich? Haha. Du hast Glück, wenn sie dich nicht wegjagen. Sie werden denken, du seist ein Hund!«

»Aber dann sind sie ja genauso dumm wie die Menschen«, rief Hamlet.

Ampel nickte kurz. »Natürlich, was erwartest du denn?«

Allmählich ging Hamlet das Chamäleon auf die Nerven. »Dann bring mich zu ihnen und sag ihnen, dass ich ein Wolf bin. Ich muss zum Wilden Pack!«

Langsam wie eine Schildkröte drehte sich Ampel auf dem Rohr um. »Ich gehe vor. Du kommst mit. Aber sag mir später nicht, ich hätte dich nicht gewarnt!«

Ampel war so langsam, dass Hamlet es kaum mit ansehen konnte. Er stakselte auf seinen krummen Beinen über das Heizungsrohr und wackelte dabei hin und her. Noch nie hatte Hamlet ein Tier gesehen, das sich so unbeholfen bewegte.

»Was ist?«, maulte Ampel, als er bemerkte, dass Hamlet ihn anstarrte.

»Können wir nicht schneller gehen?«

»Nein, können wir nicht. Ihr Säuger mit eurer ständigen Hetzerei! Ihr rennt ja schon los, bevor ihr wisst, wo ihr eigentlich hin wollt! Gemach, Gemach!«

Doch Hamlet wollte nicht länger warten. »Dann spring auf meinen Rücken. Ich trage dich. Nun komm schon.«

Verwundert sah Ampel den jungen Wolf an. »Du willst mich tragen? Warum denn?«

»Zusammen geht es schneller«, rief Hamlet. »Das ist doch klar.«

Das Chamäleon ließ seine Augen einige Male umher kreisen. »Wenn du meinst!« Umständlich kletterte es vom Ofenrohr herab und krallte sich an Hamlets Fell fest. Und schon ging es los.

»Langsam, langsam!«, rief Ampel ein wenig furchtsam. »Da vorne links! Nein, das ist rechts, du pelziger Trottel! Die andere Richtung!« Es ging durch weitere Gänge und Tunnel, immer tiefer und tiefer in diese unterirdische Welt hinein. Jetzt wurde der Geruch nach fremden Tieren stärker und stärker. Und auf einmal kam er Hamlet vor, wie der Geruch nach Freiheit und Abenteuer.

5. Kapitel

Dieser Vormittag war der aufregendste, den Barnabas je im Zoo erlebt hatte.

Klar, als die Elefantendame Susanna ihr Baby bekommen hatte, war es auch aufregend gewesen. Oder als mal ein kleiner Junge ins Eisbärengehege geklettert war und sich der Eisbär Tomtom beinahe auf ihn draufgesetzt hätte. Aber das alles war nichts im Vergleich zu heute.

Heute war nämlich die Hölle los.

Hamlet war noch nicht lange verschwunden, da tauchten auch schon die ersten Wärter auf. Sie sahen die offene Tür zum Gehege, der Wolf war weg – und dann entdeckten sie den regungslosen Zoodirektor am Boden. Sofort herrschte ein riesiges Geschrei. Noch mehr Wärter kamen angerannt, auch Knut mit seiner Holzkarre voller Frühstück, und alle riefen wild durcheinander. Einige knieten neben Müller und fühlten seinen Puls, andere rannten hektisch auf und ab, wieder andere kratzten sich ratlos am Kopf und schließlich rief einer den Notarzt an.

Der kam dann auch. Mit Blaulicht und zwei Männern in grellorangen Jacken, und dann tauchten auch noch die ersten Zoobesucher auf, die neugierig herüberstarrten, und Barnabas konnte sich kaum halten vor Begeisterung. Es war das herrlichste Spektakel, das er je erlebt hatte. Aufgeregt rannte er in seinem Käfig auf und ab, und Knut, der auch dabei war, warf ihm schon beunruhigte Blicke zu.

Dann wachte Müller auf. Und es dauerte nicht lang, bis er ganz der Alte war. »Nun hören Sie endlich auf, mir mit diesem Ding am Arm herumzufummeln!«, fauchte er den Sanitäter an, der gerade dabei war, den Blutdruck zu messen.

»Es wäre besser für Sie, wenn Sie noch eine Weile liegen blieben«, sagte der Sanitäter. »Ihr Blutdruck –«

»Es wäre besser für *Sie*, ganz schnell zu verschwinden, sonst brauchen Sie selbst einen Sanitäter!« Müller rappelte sich hoch und sammelte seinen Tropenhelm auf. Er wedelte mit den Händen, als wollte er lästige Fliegen verscheuchen. »Nun hauen Sie schon ab alle miteinander! Suchen Sie den Wolf! Los doch! Weg hier!«

»Direktor Müller, Sie wurden von einem Pfeil aus einem Betäubungsgewehr getroffen«, raunte einer der Wärter. »Meinen Sie nicht, das sollte von der Polizei untersucht werden?«

»Nein! Und jetzt lassen Sie mich endlich in Ruhe!«

Sehr zu Barnabas' Bedauern zogen die Leute nach und nach ab. Einige Minuten später waren nur noch Direktor Müller und Knut da. »Was stehen Sie hier noch herum?«

»Ich will Barnabas beruhigen.«

»Wen?«

»Den Gorilla. Das alles hat ihn sehr aufgeregt.« Knut nahm zwei große Salatköpfe aus der Holzkarre, die er hinter sich hergezogen hatte, öffnete die Tür zum Käfig und betrat über die Holzplanke Barnabas' Reich. »Ganz ruhig, Barnabas, alles ist in Ordnung!«

Natürlich wusste Barnabas das selbst. Schließlich war Hamlet erfolgreich entkommen! Was hätte da nicht in Ordnung sein sollen? Knuts Sorgen waren also völlig unbegründet. Trotzdem machte Barnabas sich sofort über die beiden Salatköpfe her, denn hungrig war er durch den Tumult irgendwie schon geworden.

Er war so mit dem Fressen beschäftigt, dass er gar nicht mitbekam, wie Knut seinen Besen zur Hand nahm und ein wenig Dreck zusammenfegte. Und dabei den zweiten Betäubungspfeil entdeckte. Knut hob ihn auf und starrte den Pfeil erstaunt mit großen Augen an. Dann wanderte sein Blick langsam rüber zu Barnabas, und seine Augen wurden noch größer.

Barnabas vergaß für einen Moment sogar zu kauen. Vielleicht hätte er den Pfeil doch irgendwie besser verstecken sollen.

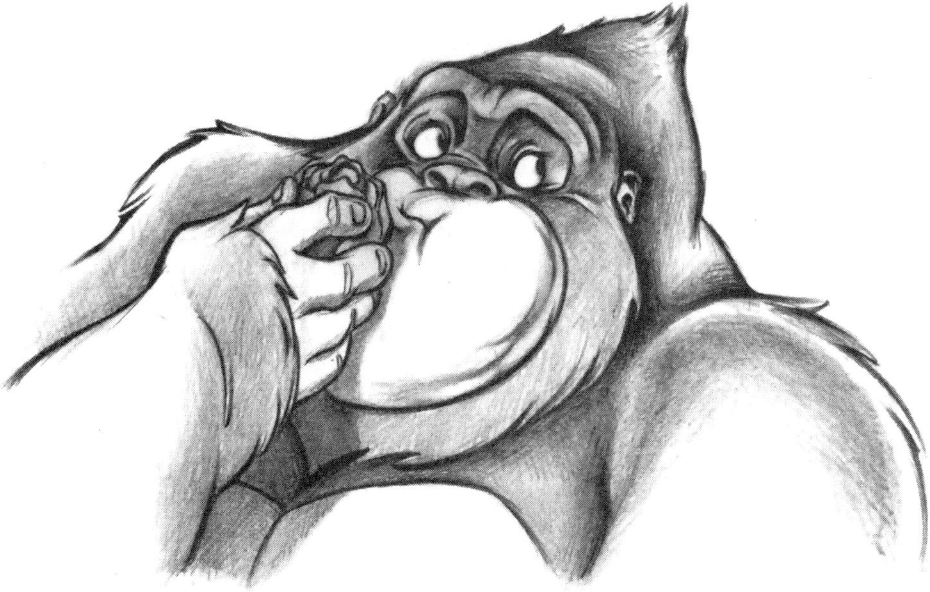

Eine Weile blickten Knut und Barnabas einander schweigend an. Dann ließ Knut den Pfeil in der Tasche seines blauen Overalls verschwinden.

Doch plötzlich stand Müller hinter ihm. »He, Sie! Wie heißen Sie noch mal?«

»M… Knut«, stammelte Knut.

»Richtig. Knut. Den Namen muss ich mir wohl merken.

Was haben Sie denn da gerade in Ihre Tasche verschwinden lassen, Knut?«

»Nichts, Herr Direktor.«

»Papperlapapp, nichts! Ich habe es doch genau gesehen! Zeigen Sie mal, zeigen Sie mal, los doch!«

Zögernd zog Knut die Hand wieder hervor.

Müller grapschte nach dem Betäubungspfeil. Er starrte ihn eine ganze Weile an. Auf einmal bekam Barnabas es mit der Angst zu tun. Schnell stopfte er sich das letzte Stück Salat in den Mund und schwang sich dann über den Kletterbaum auf das Betonpodest, wohin ihm niemand folgen konnte. Ängstlich lugte er zu Müller hinunter.

Ja, er hätte den Pfeil besser verstecken sollen.

Der Gang, den Hamlet mit dem Chamäleon auf dem Rücken entlanggelaufen war, führte noch ein Stück weiter, doch auf seiner rechten Seite gähnte ein Loch in der Wand.

»Hier ist es«, sagte Ampel.

Hamlet musste sich ducken, um durch die enge Öffnung zu gelangen, und dabei fiel Ampel beinahe herunter. »Kannst du nicht aufpassen, du flohverseuchter Bettvorleger!«

Doch Hamlet hörte schon gar nicht mehr hin. Denn kaum war er durch das Loch gekrochen, stand er inmitten einer riesigen Halle. Sie war länglich. Die hohe Decke, von der ein Dutzend kaputter Lampen an rostigen Ketten hingen, wurde von Säulen getragen. An den Wänden klebten schmutzige, gesprungene Kacheln. An den Längsseiten verliefen zwei tiefe Gräben, in denen Schienen vor sich hin rosteten. Das schwache Licht kam auch hier von den merkwürdigen Pflanzen, die sich an den Wänden in die Ritzen der Kacheln gekrallt hatten und bis zur gewölbten Decke emporwuchsen.

Doch all das nahm Hamlet nur am Rande wahr. Denn als er die Halle betrat, wurde er überwältigt von Gerüchen. Tiere! Viele verschiedene Tiere! Die ganze Halle war von Tieren bevölkert. Hamlet erkannte ein schwarz-weißes Tier, das aussah wie eine Katze mit struppigem, verschmutztem Fell und besonders buschigem Schwanz. Auf der Lehne einer alten Wartebank saßen zwei weiße Papageien. Weiter hinten in der Halle kauerten eine Pantherdame und zwei Ziegen rund um einige leere Plastiktüten. Die Pantherdame schnupperte an den Tüten, dann wandte sie sich missmutig ab.

Diese Tiere rochen ganz anders als die Tiere, die er aus dem Zoo kannte. Hamlet witterte Schmutz und Wildnis und eine große Unruhe. Etwas, das den Tieren im Zoo vollkommen gefehlt hatte. Doch das war der Geruch, der ihn hierher geführt hatte!

Und noch während er damit beschäftigt war, das Fremde und Abenteuerliche zuzuordnen, sah er Bewegung in den Schatten rings um ihn herum. Leuchtende Augenpaare, die in der ganzen Halle verteilt waren, blickten ihn an.

»Da sind wir«, meldete sich Ampel zu Wort. »Willkommen beim Wilden Pack!«

Einige der Tiere standen auf. Hamlet spürte, dass sie Angst hatten vor dem Eindringling. »Was will der Hund hier?«, rief eine wütende Stimme. »Bist du verrückt, Ampel! Du bringst einen Hund hierher? Was ist, wenn sein Herrchen gleich hinterherkommt?«

»He, nun mal langsam …«, setzte Ampel an. Doch die Tiere übertönten ihn.

»Ein Hund?«, fauchte die Pantherdame aus dem Dunkeln. »Jagt ihn sofort weg. Er führt die Menschen her!«

»Wartet!«, rief Hamlet und sprang zurück, so dass Ampel von seinem Rücken fiel und aufstöhnte. »Ich bin kein Hund, ich bin ein Wolf!«

»Ein Wolf in der Stadt, was für eine Lüge!«, rief ein Pavian, der auf einer alten Lampe herumturnte und wütend die Zähne fletschte. Den hatte Hamlet noch gar nicht bemerkt. »Es gibt keine Wölfe in der Stadt! Die Menschen hätten dich schon längst erwischt!«

Hamlet spürte, wie der Geruch ringsum an Feindseligkeit zunahm. »Aber ich komme aus dem Zoo«, rief er schnell. »Ich bin dort geboren und musste fliehen.«

Um ihn herum breitete sich verdutztes Schweigen aus.

Dann rief der Pavian: »Aus dem Zoo? Noch nie ist ein Tier aus dem Zoo entkommen! Du bist ein Hund und willst uns verraten.«

»Aber ihr seid doch das Wilde Pack«, rief Hamlet hastig. »Ihr seid vor den Menschen geflüchtet und habt euch zusammengetan. Wer euch findet, der wird von euch aufgenommen und bekommt zu essen und zu trinken. Und einen sicheren Unterschlupf.«

Der Pavian kreischte. Rings um ihn brachen einige Tiere in wildes Gelächter aus. Hamlet erkannte eine Schildkröte. Einen tintenblauen Frosch. Und sogar ein Tier, das er gar nicht kannte. Hier lebten große und kleine Tiere, mit Fell, mit Schuppen, mit Panzern und mit Federn. Schnelle und langsame. Gefährlich und harmlos aussehende.

»Habt ihr das gehört?«

»Wir sind doch kein Hotel!«

»Der hat hier nichts zu suchen!«

»Caramba!«, quakte der Frosch und hüpfte davon.

Dann watschelte das Tier, das Hamlet noch nie zuvor gesehen hatte, auf ihn zu. Es war kleiner als er selbst, aber größer als Ampel, ging auf allen vieren und hatte flossenartige Füße.

»Wartet einen Moment!«, rief es. »Ich muss ihn erst etwas fragen.« Dicht vor Hamlet blieb das Tier stehen. Sein feucht glänzendes Fell war ganz glatt, fast wie Haut, es hatte einen platten Schwanz wie ein Biber und – einen Schnabel. Einen richtigen Entenschnabel. Aber eine Ente war es nicht. Nicht einmal ein Vogel, das konnte Hamlet mit Sicherheit sagen. Genau genommen sah dieses Geschöpf so aus, als hätte es jemand aus verschiedenen Tieren zusammengesetzt.

»Hi!«, sagte das merkwürdige Wesen und blickte Hamlet aus zwei schwarzen Knopfaugen an. »Ich heiße Oskar.«

»Hallo Oskar. Mein Name ist Hamlet. Und ich bin wirklich ein Wolf. Und du bist ... ähm ... was für ein Tier?«

Der erwartungsfrohe Ausdruck in Oskars schwarzen Knopfaugen erstarb. »Ich denke, du kommst aus dem Zoo? Kannst du es mir denn nicht sagen?«

Hamlet schüttelte den Kopf.

Das seltsame Tier sah Hamlet misstrauisch an. Dann drehte es sich um und watschelte davon.

»Wer ist das?«, fragte Hamlet Ampel.

»Oskar ist ein Sonderfall«, meinte Ampel. »Keiner weiß,

was für ein Tier er ist. Auch nicht er selbst. Wahrscheinlich hat irgendein Wissenschaftler ihn in einem Labor gezüchtet. Aber er glaubt immer noch, dass ihn eines Tages jemand erkennt.«

Oskar, der noch nahe genug war, um alles zu hören, ließ traurig den Kopf hängen, doch Ampel schien das gar nicht zu kümmern.

Plötzlich huschte die schwarz-weiße Katze heran, stellte ihren buschigen Schwanz auf und blickte das Chamäleon böse an. Sie war etwa so groß wie Oskar und hatte ein tiefschwarzes, glänzendes Fell mit zwei weißen Streifen, die längs über Schwanz und Rücken liefen und sich am Kopf zu einem weißen Fleck trafen. Nun erkannte Hamlet, dass es gar keine Katze war, sondern ein Stinktierweibchen. »Ampel! Wieso bringst du den Hund her?«, fauchte das Stinktier. »Raus mit der Sprache oder ich sorge dafür, dass du die nächsten drei Tage vor dir selbst Reißaus nimmst!«

»Ja, ja, ist ja gut, Tulpe«, murrte Ampel wenig beeindruckt und kehrte der Gruppe den schuppigen Rücken. »Ihr Pelzviecher und eure Empfindlichkeiten! Das nervt ganz schön! Das ist ein Wolf.« Er sah Hamlet an. »Mach mal ein paar Schritte«, befahl er.

»Wieso?« Unruhig sah Hamlet umher.

»Weil ein Hund beim Laufen seine Hinterpfoten zwischen die Spur der Vorderpfoten setzt, aber ein Wolf setzt sie auf die Spur. Und das tust du. Meinst du, sonst hätte ich dich hergebracht? So, und jetzt bell mal.«

»Bellen?«

»Ja. So wie ein Hund. Wau wau. Bellen.«

Hamlet wusste natürlich, wie Bellen klang. Aber er selbst brachte es nicht zustande. Heraus kam nur ein merkwürdiges Röcheln. »Ich kann nicht bellen!«

»Ich weiß. Weil du ein Wolf bist. Wölfe bellen nicht. Das tun nur Hunde. Dann hätten wir das ja geklärt. Haben sich nun alle wieder beruhigt? Fein. Dann gehe ich jetzt wieder zurück auf mein Ofenrohr. Schönen Tag noch!«

»Gleichfalls«, setzte das Stinktier hinzu und beäugte Ampel misstrauisch, bis dieser wieder in dem Tunnel verschwunden war.

Die Tiere auf dem Platz verstreuten sich. Ampels Worte schienen sie beruhigt zu haben.

Nur das Stinktier blieb bei Hamlet und blickte zu ihm hoch. »Ich bin Tulpenblüte. Aber das ist zu lang, deshalb nennen die meisten mich Tulpe. Und du bist also ein Wolf, ja? Wie ich Ampel kenne, hat er dir gar nichts erzählt, richtig?«

»Nicht viel«, gestand Hamlet.

»Dann komm mit!« Tulpe huschte voran, Oskar watschelte hinterher.

»Was ist das hier für ein Ort?«, fragte Hamlet und sah sich neugierig um.

»Hier treffen wir uns, wenn wir nicht gerade unterwegs sind, um etwas zu fressen zu finden. Es ist sicher hier unten. Die Menschen kommen nie hierher.«

»Aber das alles wurde von Menschen gebaut«, bemerkte Hamlet. »Oder?«

»Ja«, sagte Oskar. »Und dann haben sie es vergessen. Einfach so. Aber so sind sie nun mal. Vergessen die Dinge, die sie unbedingt haben wollten.« Wieder wirkte Oskar ganz plötzlich niedergeschlagen.

Sofort eilte Tulpe an seine Seite und stupste ihn sanft mit der Schnauze. »Lass den Kopf nicht hängen, Oskar!«

Doch Oskar wollte sich offenbar nicht aufmuntern lassen. In der Nähe befand sich ein offener Gully, der bis zum oberen Rand mit Wasser gefüllt war. Oskar schlich darauf zu, ließ sich elegant hineingleiten und verschwand in der Tiefe.

»Er kann tauchen?«, fragte Hamlet verblüfft.

»Er kann so einiges. Oskar ist ein erstaunliches Tier. Leider weiß niemand, was für eines. Die Menschen haben ihn als Ei aus einem fernen Land mitgebracht. Als er zu groß wurde, haben sie ihn einfach ausgesetzt.«

»Er ist aus einem *Ei* geschlüpft?«

»Ich sage ja: Oskar ist ein erstaunliches Tier. Und du? Woher kommst du?«

Hamlet erzählte ihr in kurzen Worten seine Geschichte.

»Aus dem Zoo? Und selbst da gibt es niemanden, der Oskar ähnlich sieht?«

»Ehrlich gesagt … ich weiß es nicht. Ich habe mein Leben in einem Gehege verbracht. Neben mir war mein bester Freund Barnabas, ein Gorilla, einige der anderen Tiere konnte ich aus der Ferne sehen. Aber jemand wie Oskar war nicht dabei.«

Tulpe seufzte. »Vielleicht ist er wirklich einzigartig. Ich jedenfalls bin es nicht. Da, wo ich herkomme, gab es viele meiner Art.«

Hamlet war hin und her gerissen. Zwar interessierte ihn auch Tulpes Geschichte, aber eigentlich wollte er alles gleichzeitig wissen. Er blickte sich um. Die meisten Tiere waren schon wieder längst mit sich selbst beschäftigt. Die Witterung der Spannung und Neugier war verflogen. Die Pantherdame schlief, die Papageien saßen auf einem Holzschild und putzten ihr Gefieder und die Schildkröte kaute müde auf ei-

nem schlaffen Salatblatt herum. Bis es ihr von dem flinken Pavian weggenommen wurde.

Das war alles vollkommen anders, als Barnabas es beschrieben hatte. Überhaupt nicht schön und behaglich. Und zu fressen gab es auch nichts.

»Du hattest was anderes erwartet, stimmt's?«, erriet Tulpe seine Gedanken.

»Ja. Mein Freund Barnabas im Zoo hat gesagt, das Wilde Pack würde im Paradies leben.«

Tulpe lachte. »Das tun wir doch auch.« Sie wies auf das verwitterte Holzschild, auf dem die Papageien saßen. Darauf waren kaum noch erkennbare Buchstaben zu sehen, aber Hamlet konnte nicht lesen. Tulpe erriet seine Gedanken. »Wir können es alle nicht lesen. Aber irgendein Tier, das vor vielen Jahren hier gelebt hat, konnte es. Angeblich steht auf dem Schild ›Paradiesplatz‹. Aber Paradiesplatz ist zu lang. Deshalb nennen wir diesen Ort einfach das Paradies. Obwohl es natürlich keins ist.«

»Tulpe«, sagte Hamlet, »wie seid ihr alle hierhergekommen?«

Das Stinktier wuselte um ihn herum und kletterte auf eine rostige Bank, die mitten in der Halle stand, um Hamlet gerade in die Augen blicken zu können. »Jeder von uns hat eine andere Geschichte. Viele wurden von Menschen gefangen gehalten und konnten fliehen. Shiva, die Pantherdame, stammt aus einem Zirkus. Andere wissen nicht mehr, woher sie kommen. Wir sind alle zufällig hier gelandet. Spy schnappt manchmal ein paar Herumtreiber in der Stadt auf.«

»Und wer ist euer Anführer?«

Sie lachte. »Anführer? Es gibt keinen Anführer. Jeder macht, was er will. Wir fressen uns nicht gegenseitig, das ist alles.«

›Fressen‹ war das Stichwort. Hamlets Magen knurrte ein weiteres Mal. Inzwischen befürchtete er, bald vor Schwäche zusammenzubrechen. Er brauchte dringend Futter! »Und wo findet ihr etwas zu fressen?«

»Oben, unten, überall und nirgends. Die Menschen werfen vieles weg. Aber manchmal ist es nicht genug.«

Hamlet wollte etwas erwidern, doch ein plötzliches Fauchen und Kreischen lenkte ihn ab. Die Pantherdame und der Pavian standen einander mit gesträubtem Fell und gefletschten Zähnen gegenüber, zwischen ihnen lag ein Stück Fleisch, um das sie sich stritten. Sie brüllten sich gegenseitig an und keiner wich auch nur eine Schwanzlänge zurück.

Sofort war Hamlet in Alarmbereitschaft. Mit gesträubtem Fell fixierte er die Streitenden, um notfalls sofort dazwischengehen zu können. Doch da schlug die Pantherdame schon blitzschnell zu, krallte sich das Fleischstück und war mit einem Satz verschwunden. Elegant sprang sie eine Treppe hinauf, die ins Nichts führte, legte sich auf die obersten Stufen und begann zu fressen, wobei sie ihre Umgebung argwöhnisch beobachtete. Der Pavian krakeelte noch ein bisschen herum, machte sich aber nicht die Mühe, der Raubkatze zu folgen.

Die anderen Tiere hatten kaum auf den Zwischenfall reagiert. Die Papageien waren erschrocken aufgeflogen und hatten sich woanders niedergelassen, aber ansonsten hatte sich niemand um den Streit gekümmert. Auch Tulpe war ganz gelassen geblieben. »Das ist ganz normal hier unten«, sagte sie. »Du wirst dich daran gewöhnen.«

Wieder grummelte es in Hamlets Magen. Diesmal war es so laut, dass sogar Tulpe es hörte. »Wenn du Hunger hast, dann machst du dich besser bald auf den Weg und suchst dir etwas zu fressen. Hier unten wird dir nämlich niemand etwas geben.« Damit sprang sie von der Bank und huschte so schnell in die Dunkelheit, dass man nur noch die beiden weißen Streifen auf ihrem Rücken sah.

Hamlet seufzte schwer und legte traurig den Kopf auf die Vorderpfoten. Er hatte Hunger, ja, aber er war auch erschöpft und enttäuscht. Das Paradies war kein schöner Ort. Es war sogar viel schlimmer als der Zoo. So hatte er sich das ganz und gar nicht vorgestellt. Wenn doch wenigstens Barnabas hier wäre! Aber seinen einzigen Freund hatte er zurückgelassen. Er war nicht nur hungrig, sondern auch allein. Und das war irgendwie das Schlimmste von allem.

6. Kapitel

Hamlet musste die ganze Nacht und den halben Tag geschlafen haben, so erschöpft war er von seiner aufregenden Flucht gewesen. Als er wieder aufwachte, war sein Hunger so groß, dass er sich kaum aufrappeln konnte. Müde trottete er zu der Wasserstelle und trank. Das machte es etwas besser, wenn auch nicht viel.

Er blickte sich um. Im Paradies hatte sich nicht viel verändert. Nur der Pavian, der sich mit der Pantherdame gestritten hatte, hatte inzwischen selbst etwas zu fressen gefunden: ein trockenes Brötchen.

Trockene Brötchen gehörten nicht gerade zu Hamlets Leibspeisen, aber sie waren besser als nichts. Hoffnungsvoll trottete er auf den Pavian zu. »Hallo.«

Sofort presste der Affe mit dem bunten Gesicht das Brötchen an seine Brust und blickte Hamlet finster an. »Denk nicht mal dran!« Auf allen vieren huschte er davon, sprang in das Gleisbett und kehrte dem Paradies den Rücken zu, um sich in Ruhe über seinen Schatz herzumachen.

Es hatte keinen Zweck. Hier unten würde Hamlet nichts abbekommen. Er musste nach draußen und sich selbst etwas suchen.

Das Paradies hatte noch zwei andere Ausgänge: Der Graben, in den der Pavian gerade gesprungen war, führte zu beiden Seiten aus der Halle heraus. Hamlet hatte beobachtet, dass die meisten Tiere über diesen Weg den Paradiesplatz betraten oder verließen. Da er weder Oskar noch Tulpe sah und keines der anderen Tiere fragen wollte, machte er sich einfach auf den Weg und folgte den Schienen in die Dunkelheit.

Schon bald ließ er das Krächzen, Knurren und Schnauben des Wilden Packs hinter sich und tauchte in die Stille des finsteren Tunnels ein, wo er nur seinen eigenen Atem und das Tappen seiner Pfoten auf den Holzplanken hören konnte. Der Gang machte einen langgestreckten Bogen nach rechts und stieg dann langsam an. Schon bald sah Hamlet Licht am anderen Ende und witterte eine frische Brise. Er lief schneller. Und schließlich stand er unter freiem Himmel.

Es war taghell, aber die Sonne neigte sich schon dem Horizont entgegen. Um ihn herum war es still. Die Schienen unter seinen Pfoten waren überwuchert von Gras und Gestrüpp. Hamlet sah sich um. Er war immer noch mitten in der Stadt, doch die nächsten Straßen und Häuser waren ein Stück entfernt. Direkt um ihn herum gab es nur Sträucher, Steine und Staub. Dieser Ort schien von den Menschen vergessen worden zu sein.

Hamlet senkte seine Schnauze auf den Boden und lief schnuppernd umher. Es dauerte eine Weile, doch dann nahm er endlich eine Witterung auf. Sie führte ihn direkt zu einer Reihe von überquellenden Mülltonnen am Rande der Brachfläche. Der Geruch war gleichzeitig verführerisch und widerwärtig. Hier gab es etwas zu fressen, ja, aber die Hälfte davon war vergammelt. Ein paar Möwen saßen auf den Deckeln der Abfalltonnen, nahmen ihn aber gar nicht wahr. Hamlet kümmerte sich nicht weiter um sie, sondern schob den auf den Boden gefallenen Müll so lange hin und her, bis er etwas gefunden hatte. Es war ein altes Stück Brot mit ein paar welken Salatblättern darin, die schon ein wenig faulig schmeckten, doch das war Hamlet im Augenblick egal. Gierig schlang er beides herunter.

Plötzlich schwirrte ein smaragdfarbenes Etwas über seinem Kopf. »Du bist schon zurück? Du hattest kein Glück?«

»Spy!«, rief Hamlet. Er freute sich, den winzigen Vogel zu sehen. »Da bist du ja wieder! Doch, ich hatte Glück. Ich habe das Wilde Pack gefunden. Aber ich hatte Hunger und … ich mag es dort nicht besonders. Spy, kannst du mir einen Gefallen tun? Weißt du, wo der Zoo ist?«

Spy flog von Hamlets linkem zu Hamlets rechtem Auge. »Ich kenne den Ort. Bin häufiger dort.«

»Im Zoo lebt ein Freund von mir. Ein Gorilla. Er heißt Barnabas. Ich würde ihm gern sagen, dass es mir gutgeht und dass alles in Ordnung ist. Aber ich kann selbst nicht dorthin laufen, sonst fangen die Wärter mich sofort wieder ein.«

»Ich sag's ihm geschwind. Bin da wie der Wind!«

Und noch bevor Hamlet sich auch nur bedanken konnte, war der flirrende grüne Punkt schon am Himmel verschwunden.

Barnabas' Hochstimmung war verflogen. Nachdem Knut den Betäubungspfeil in seinem Gehege gefunden und Müller gezeigt hatte, war alles anders gewesen. Müller hatte ihn angestarrt wie einen Geist. Erst verwirrt und dann unendlich wütend. Danach war Müller verschwunden und seiner Arbeit nachgegangen, was immer das eigentlich genau war, und Barnabas hatte ihn den ganzen Tag über nicht gesehen, und in der folgenden Nacht auch nicht.

Aber Barnabas machte sich Sorgen. Ohne Hamlet war es gar nicht mehr lustig. Es war sogar richtig traurig. Und lang-

weilig. Und doof. Und nun war Müller auch noch wütend auf ihn. Denn der Zoodirektor hatte irgendwas gemerkt, da war Barnabas ganz sicher.

Es war mitten am Tag, der Zoo war voller Besucher, als Müller zurückkehrte. Diesmal trug er wieder einen schwarzen Anzug. Mit einem siegessicheren und gemeinen Grinsen trat er auf Barnabas' Käfig zu und blieb vor den Gitterstäben stehen. Zwar lag immer noch der breite Graben zwischen ihnen, aber trotzdem hatte Barnabas plötzlich richtig Angst.

»Na, Affe, vermisst du deinen Freund? Bedauerlich, dass er

entkommen ist, nicht wahr? Vor allem für meine Tochter. Sie mochte den Wolf auch sehr, weißt du? Vor allem seinen Pelz. Und was soll ich ihr jetzt zum Geburtstag schenken? Da muss mir doch etwas einfallen, meinst du nicht? Hm …« Müller schritt langsam vor den Gitterstäben auf und ab. »Dein Pelz ist zwar hart und struppig, aber er hat eine schöne Farbe. Und schön warm ist er sicherlich auch. Ich glaube, er wird ihr gefallen.«

Barnabas schnaubte vor Angst.

»Ich weiß nicht, wie du es gemacht hast, Gorilla. Aber du hast mir diesen Betäubungspfeil verpasst! Du bist schuld, dass der Wolf geflohen ist. Und dafür wirst du als Pelzmantel enden. Warum siehst du mich so an, hm? Glaubst du, du hast etwas anderes verdient, nur weil deine Art vom Aussterben bedroht ist? Wir sterben alle aus, früher oder später. Du bist halt früher dran.« Müller lachte rau. »Ich lasse mir doch nicht von meinen eigenen Tieren auf der Nase herumtanzen! Sieh nur, die Sonne geht bald unter! Das war dein letzter Tag auf Erden, Gorilla! Heute Abend, wenn alle weg sind, bist du dran!« Lachend zog Müller ab.

Barnabas blickte ihm fassungslos hinterher. Er war verzweifelt. Was sollte er jetzt tun? Hamlet war weg, und es war auch sonst niemand da, der ihm helfen konnte.

Müller war gerade außer Sichtweite, als plötzlich ein schimmernder grüner Fleck durch die Gitterstäbe in das Gorillagehege flog und direkt vor Barnabas' Augen mitten in der Luft anhielt. Barnabas schnaubte, was den grünen Fleck leicht aus der Position brachte. Doch das hielt ihn nicht davon ab zu sprechen.

»Bist du Gorilla Barnabas? Sag schon, sag schon, bist du das?«

»Äh … ja. Das bin ich. Und du?«

»Mein Name ist Spy aus dem Kolibri-Ei. Ein Wolf schickt mich her, er sorgt sich sehr.«

»Ein Wolf? Du meinst Hammi?« Augenblicklich war Barnabas' Verzweiflung verflogen. Er versuchte, das kleine grüne Wesen zu fixieren, doch der Kolibri war einfach zu schnell. Ständig huschte er von links nach rechts und von oben nach unten. »Was ist mit ihm? Wo ist er? Wie geht es ihm?«

»Du sollst nicht verzagen, das soll ich dir sagen. Dem Wolf geht es gut, er fasst neuen Mut!«

»Dem Himmel sei Dank!«, rief Barnabas erleichtert. »Spy! Weißt du, wo er ist? Kannst du ihm eine Nachricht überbringen?«

»Na, beim Wilden Pack! Da bin ich zack-zack!«

»Beim Wilden Pack! Gut! Spy, ich brauche deine Hilfe!«

Hamlet war ins Paradies zurückgekehrt. Irgendwie hatte er gehofft, dass sich etwas verändert haben würde, aber es herrschte überall die gleiche Trägheit wie vorher. Die Tiere lungerten herum, einige stritten, viele schliefen und es waren wieder ein paar dazugekommen, die über Nacht draußen gewesen waren, andere waren dafür nicht mehr da.

Der Geruch von Schlaf und Gleichgültigkeit lag in der Luft. Er gefiel Hamlet nicht. Das sollte das Wilde Pack sein? Wo war denn hier die Wildheit? Das Schlafende Pack hätte besser gepasst.

Etwas watschelte langsam auf ihn zu. »Hallo Pelztier«, sagte Ampel, diesmal so grau wie der schmutzige Beton unter ihm. »Na, hast du dich eingelebt?«

»Das kann man nicht gerade sagen.«

»Wirst du schon noch. Tun alle irgendwann.«

Hamlet wollte gerade antworten, als Spy heranschwirrte. Der Kolibri kam nicht oft ins Paradies. Wie die meisten Vögel konnte er geschlossene Räume nicht ausstehen. Das Fliegen durch die unterirdischen Tunnel und Gänge war ihm ein Gräuel. Es war allein seiner Körpergröße zu verdanken, dass er das Fliegen in der Halle ertragen konnte. Für einen winzigen Vogel wie ihn ging es gerade noch.

Außerdem hatte er heute eine wichtige Mission.

»Hamlet, wo bist du? Hamlet, hör zu!«

»Was ist los, Spy?«, fragte Hamlet alarmiert. »Was gibt es?«

»Er ist in Gefahr! War gerade noch da!«

Spy war noch unruhiger als sonst. Hamlet konnte ihm kaum mit seinen Blicken folgen. »Wer ist in Gefahr? Wo warst du gerade? Ich weiß gar nicht, wovon du sprichst!«

Spy antwortete nicht.

»Nun sag schon, Spy! Um wen geht es? Warum sagst du denn nichts?«

»Ihm fällt kein Reim ein«, raunte Ampel ihm zu. »Das hat er manchmal.«

»Was? Kein Reim? Dann soll er es halt lassen mit dem Reimen!«

»Das kann er nicht«, erklärte Ampel.

»Ja, warum denn nicht?«

»Keine Ahnung. Was weiß ich, was in diesem gefiederten Mini-Gehirn vor sich geht.«

»Mir fällt grad nichts ein, du musst mir verzeih'n«, piepste Spy. »Ich überleg dies, ich überleg das, doch nichts reimt sich auf Barnabas!«

»Barnabas?«, raunte Hamlet erstaunt. »Es geht um Barnabas? Was ist mit ihm?«

»Man will ihm ans Fell, und zwar schon sehr schnell.«

»Ans Fell? Wer will ihm ans Fell?«

»Müller, der Killer!«

»Wann?«

»Es dauert nicht mehr lang: Bei Sonnenuntergang!«

Hamlet schnürte es die Kehle zu. »Wir müssen etwas unternehmen! Spy, Ampel, wir müssen Barnabas da irgendwie rausholen!«

Einen Moment lang starrte Ampel ihn ungläubig an. Dann fing er an zu lachen. »Ich wusste gleich, dass du ein komischer Vogel bist, Hamlet …«

»Das ist er nich'«, beschwerte sich Spy. »Der Vogel bin ich!«

Ampel beachtete ihn gar nicht. »Sehr lustig, Hamlet, wirklich, mit dir werden wir noch eine Menge Spaß haben!«

»Sag mal, spinnst du? Das war kein Witz! Wir können Barnabas doch nicht im Stich lassen!«

»Wir?«, fragte Ampel gelassen. »Wer ist wir?«

»Na ja, du und die anderen. Ihr. Und ich. Wir alle.« Hamlet machte einen Satz und landete auf der Treppe, die ins Nichts führte, dem Lieblingsplatz der Pantherdame Shiva, wie er inzwischen herausgefunden hatte.

Shiva schreckte aus dem Schlaf hoch und fauchte erbost, doch Hamlet kümmerte sich nicht darum. »He! Hört mal her!

Ihr alle! Hört mir zu! Mein Freund Barnabas ist in Gefahr! Wir müssen ihm irgendwie helfen und ihn aus dem Zoo befreien!«

Einige Tiere blickten interessiert zu ihm hoch, aber längst nicht alle. Hamlet knurrte wütend.

»Nun hör schon auf mit der Motzerei!«, murrte der Pavian Ludwig. »Was geht uns das an, was mit diesem Babbaras ist?«

Hamlet schäumte. »Barnabas heißt er. Und Barnabas ist mein Freund!«, rief er, sprang auf Ludwig zu und zog wütend die Lefzen hoch.

Der Affe sprang erschrocken zurück. »Du darfst hier keinen fressen«, stammelte er. »Das ist unser Gesetz.«

»Was seid ihr nur für Feiglinge«, knurrte Hamlet. »Ist euch denn völlig egal, was mit Barnabas passiert?«

Das Wilde Pack starrte ihn ausdruckslos an.

»Will denn keiner mitkommen und mir helfen?«

Das Schweigen war entsetzlich.

Schließlich tapste Tulpe heran und sagte leise: »Da kann man nichts machen, Hamlet. Oder denkst du, wir spazieren einfach in den Zoo, holen einen Gorilla aus dem Käfig und gehen fröhlich wieder weg? Das ist unmöglich.«

Hamlet jaulte verzweifelt. Dann wandte er sich ab, sprang

durch das Loch in der Mauer, jagte an den Heizungsrohren vorbei und rannte davon.

Er lief durch die langen Gänge bis zum Ausgang unter dem verrosteten Bagger. Dort kroch er vorsichtig ins Freie und stieg auf eines der Autowracks. Vor ihm lag die Stadt wie eine steinerne Wüste. Irgendwo mitten da drin lag der Zoo. Hamlet wusste nicht einmal, wo genau er war und wie er da hinkommen sollte. Aber außer ihm konnte niemand mehr Barnabas helfen.

Hinter ihm schwirrte es. »Du musst ihnen verzeih'n, sie sind alle allein!«

»Halt den Schnabel, Spy. Es sind gemeine Feiglinge. Ich hätte nie herkommen sollen. Besser ich wäre im Zoo gestorben, dann wäre wenigstens Barnabas gerettet!« Hamlet hätte heulen können, wenn er sich vorstellte, wie Direktor Müller das Betäubungsgewehr auf Barnabas anlegte. »Ich kann das nicht zulassen!« Hamlet fuhr so schnell herum, dass der Kolibri erschrocken in die Höhe schoss. »Kannst du mich nicht zum Zoo führen, Spy? Du kennst doch den Weg.«

Der Kolibri blinzelte. »Klar, ist nicht schwer, komm hinter mir her!«

Hamlet sprang auf. »Dann los! Ich muss meinen Freund retten!«

»Freund zu sein …«, Spy zögerte. »Kein Reim fällt mir ein.«

»Vergiss das Reimen!«, rief Hamlet. »Wir haben keine Zeit mehr! Wir müssen los.«

Aber jetzt wurde Spy unruhig. Er schwirrte nervös um Hamlets Kopf herum. »Sag mir ganz ehrlich: Wird es gefährlich?«

»Kann schon sein. Aber wir schaffen das schon, wir sind schließlich zu zweit!«

»Zu zweit sein, heißt nicht allein.« Der Kolibri hüpfte aufgeregt in der Luft auf und ab.

»Genau.« Hamlet sprang von der Motorhaube. »Los jetzt!«

Spy schoss hoch in die Luft. Er funkelte im späten Sonnenlicht, trillerte und jubilierte. »Zu zweit sein, ist nicht allein! Zu zweit sein, ist nicht allein!« Dann schoss er schnell wieder hinab und surrte vor Hamlets Nasenspitze. »Nicht mehr allein! Spy und Hamlet können Freunde sein?«

»Natürlich kannst du mein Freund sein. Aber jetzt muss ich zu Barnabas!«

Plötzlich setzte sich Spy hinter Hamlets Ohr. Der kleine Vogel wog fast nichts, und doch spürte Hamlet, wie er zitterte.

»Lauf durch die Stadt, ich kenn den Pfad! Lauf, Wolf, geschwind! Sei schnell wie der Wind!«

7. Kapitel

Der kleine Kolibri war ein genialer Pfadfinder. Wie ein leuchtender grüner Stern flog er vor Hamlet her und fand seinen Weg durch die unübersichtlichen Straßen, als gäbe es nichts Leichteres. Hamlet jagte Spy hinterher, so schnell er konnte.

Er wusste jetzt schon etwas besser Bescheid und kannte ein paar der Gefahren, die in der Stadt auf ihn lauerten. Es war immer noch aufregend und bedrohlich, und die vielen künstlichen Gerüche verwirrten seine feine Nase. Aber er machte Fortschritte. Und eine erstaunliche Erfahrung: Wenn er nicht knurrte und sein Tempo etwas drosselte, dann beachteten ihn die Menschen gar nicht mehr. Niemand rief ihm etwas nach oder trat nach ihm. Keiner bemerkte, dass er ein Wolf war. Alle hielten ihn für einen streunenden Hund. Es war, als wäre er plötzlich unsichtbar geworden.

Vor ihm verschwand Spy um eine Ecke. Hamlet sprang ihm nach. Dann zog ihm plötzlich ein vertrauter Geruch entgegen. Überrascht blieb Hamlet stehen. Direkt vor ihm lag der Eingang zum Zoo.

»Wie hast du das geschafft, Spy? Als ich weggelaufen bin, war ich fast einen ganzen Tag unterwegs. Und jetzt sind wir in null komma nichts hierhergekommen.«

»Kennst du die Tricks, dann geht es ganz fix«, zwitscherte Spy. »Aber gib acht, das Tor ist bewacht!«

Hamlet sah, was Spy meinte. Am Eingang saß eine Frau in einem Häuschen und verlangte Geld für den Eintritt. Daneben stand ein großes Schild: Hunde dürfen nur an der Leine gehen. Jetzt konnte Hamlet nicht mehr so tun, als wäre er ein Hund. Sie würden ihn sofort schnappen.

»Da komme ich nicht rein. Außerdem erkennen die Wärter bestimmt, wer ich bin.« Hamlet machte sich klein und drückte sich an ein geparktes Auto. Er schnupperte kurz und hob sein Bein. »Ich muss zu Barnabas. Gibt es einen anderen Weg?«

Der Kolibri zuckte unruhig. »Auf vier Beinen gibt es keinen. Und dich fliegend reinzubringen, wird mir leider nicht gelingen.«

»Dann muss ich warten, bis der Zoo schließt.«

Zum Glück stand die Sonne schon dunkelrot am Himmel. Es dauerte nicht mehr lange, bis die letzten Besucher auf die Straße traten und die Frau im Kartenhäuschen endlich ihren Posten verließ.

Als gerade niemand in der Nähe war, huschte Hamlet durch das Drehkreuz am Eingang. Spy folgte ihm.

Es war niemand mehr hier. Selbst die Tierpfleger machten gerade Feierabend. Ohne entdeckt zu werden, gelangte Hamlet bis zu Barnabas' Gehege. Vor dem großen Graben blieb er stehen. Der Gorilla saß oben auf seinem Betonpodest und schien zu schlafen.

»Barnabas«, rief Hamlet leise. »Barnabas, ich bin's, Hamlet. Wach auf!«

Doch statt aufzuspringen, wie früher, wenn Barnabas ihn gehört hatte, kam nur eine leise, traurige Stimme aus dem riesigen Fellberg. »Ach, Hammi«, flüsterte sie. »Ich vermisse dich so sehr, dass ich sogar schon von dir träume.«

Hamlet wurde schwer ums Herz. »Aber ich bin hier«, rief er schnell. »Das ist kein Traum!«

Der Fellberg erzitterte. »Warum macht ihr euch auch noch lustig über mich, ihr Träume?«, seufzte er. »Hamlet wäre nie so verrückt, hierherzukommen. Das ist viel zu gefährlich für ihn. Und der Kolibri hat ihn wahrscheinlich gar nicht gefunden. Nein, Hamlet ist glücklich beim Wilden Pack. Er hat es geschafft, er ist frei!«

Hamlet jaulte. »Jetzt wach endlich auf, Barni. Ich bin hier, um dich zu retten! Mach endlich die Augen auf.«

Mit einem schweren Seufzer rollte sich der Fellberg auseinander. Dann kam der gewaltige Schädel des Gorillas zum Vorschein und die Augen öffneten sich langsam. Ihr Blick fiel auf Hamlet – und dann schoss Barnabas wie vom Blitz getroffen in die Höhe.

»Hammi! Du bist wirklich da! Oh, Mann, Hammi! Ist das schön, dich zu sehen.« Dann rollte Barnabas plötzlich mit den Augen und seine Miene verfinsterte sich. »Aber Hammi, bist du verrückt geworden? Müller kommt gleich. Jetzt will er mich zu einem Pelzmantel verarbeiten! Wenn er dich sieht ...«

Hamlet unterbrach den Gorilla. »Ich weiß. Deswegen bin ich ja hier. Ich werde dich retten.«

»Aber wie denn, Hammi? Der Trick mit den Pfeilen klappt nicht noch mal.«

Hamlet schnaufte. Seit er losgelaufen war, zerbrach er sich den Kopf darüber, wie er Barni befreien konnte. Unglücklicherweise war ihm immer noch nichts eingefallen.

Aber er kam nicht mehr dazu, etwas zu antworten. Denn plötzlich näherte sich Motorengeräusch.

»Da kommt jemand!«, rief Barnabas. »Schnell, versteck dich!«

Hamlet huschte hinter ein Gebüsch und duckte sich.

Ein safaribrauner Jeep rollte langsam über den Weg und hielt genau vor dem Gorillagehege. Die Türen öffneten sich und Müller stieg aus, diesmal wieder mit Tropenhelm auf dem Kopf und das Betäubungsgewehr ganz locker im Arm. Vom Beifahrersitz kletterte ein junges Mädchen mit stechend blauen Augen und langem, glattem Haar, schwarz wie Autoreifen.

»Kriege ich jetzt mein Geburtstagsgeschenk, Papa?« Constanze Müller lächelte und streichelte sich mit der Hand über die Schultern, als ob sie sich einen Pelz umlegte. Ihr gieriger Blick fiel auf die Pfauen, die in der Nähe über das grüne Gras stolzierten. »Oh, Papa, ich hätte so gern noch einen Hut mit Pfauenfedern dazu!«

»Na, ausnahmsweise. Aber jetzt holen wir uns erst mal den alten Affen und verwandeln ihn in einen schönen Bettvorleger.«

»Aber Papa«, kreischte Constanze. »Ich will keinen Bettvorleger und auch keinen alten Affen als Pelz. Ich will das Wolfsfell! Du hast es mir versprochen! Affe steht mir doch gar nicht. Ein Wolfspelz in silbergrau und ein Hut aus Pfauenfedern, das wäre todschick und würde super zu meinem schwarzen Haar passen! Jedes andere Mädchen würde mich beneiden.«

Hamlet schauderte in seinem Versteck. Am liebsten hätte er Constanze Müller gepackt und an ihrem schwarzen Haar durch den Zoo geschleift, aber gleichzeitig hatte er auch Angst vor ihr, fast noch mehr als vor Müller selbst.

»Gräm dich nicht, Constanze«, rief Müller fröhlich. »Niemand außer dir besitzt ein echtes Gorillafell. Und nächstes Jahr schenke ich dir dann auch einen Wolfspelz. Ich muss nur erst wieder einen besorgen. Du weißt ja, der letzte ist leider unter seltsamen Umständen verschwunden.« Müller näherte sich dem Gitter zum Gorillagehege. Barnabas sprang unruhig hin und her.

»Wenn ich den Gorilla nehme, kann ich dann wenigstens ein paar Zebra-Handschuhe dazu haben?«, quengelte Constanze.

»Sicher, mein Schatz. Aber jetzt ist erst mal der hier dran!«

Hamlet musste etwas unternehmen, jetzt oder nie! Er sprang aus seinem Versteck hervor und stellte sich Constanze in den Weg.

»Papa!«, rief Constanze halb erschrocken, halb erfreut. »Hier ist er doch, Papa, der Wolf ist wieder da!«

Müller wandte sich um. Sein Blick fiel auf Hamlet. Das Gesicht des Zoodirektors wurde weiß, dann rot und dann schnappte er nach Luft. »Constanze, es sieht aus, als hättest du an deinem Geburtstag ganz besonderes Glück. Na, mein kleiner Wolf. War dir da draußen zu einsam und zu kalt? Hattest du Angst zwischen den vielen Autos? Ja, komm nur her, hier bist du sicher.« Langsam hob er das Gewehr.

Hamlet machte zwei Schritte rückwärts.

»Nicht da lang, kleiner Wolf.« Müller fummelte am Abzug herum. »Verdammt, warum habe ich keine Pfeile eingelegt?«

Er griff in seine Tasche und holte die Betäubungspfeile heraus.

Hamlet machte einen Satz, sprang zwischen Müller und seiner Tochter hindurch und rannte, so schnell er konnte.

»Papa!«, rief Constanze. »Er haut schon wieder ab!«

»Aber das gibt's doch nicht!«

»Hinterher, Papa! Ich will den Wolf, nicht den doofen verlausten Gorilla!«

Mehr bekam Hamlet nicht mehr mit. Er rannte Richtung Ausgang. Er musste Müller von Barni weglocken!

Schon röhrte der Motor des Jeeps auf und plötzlich war der Wagen hinter ihm.

»Bleib stehen, du Mistvieh«, schrie Müller durch das geöffnete Wagenfenster, das Gewehr im Anschlag. Constanze hatte er zurückgelassen. »Wenn du denkst, du kannst mir

entkommen, hast du dich geschnitten, Wölfchen. Ein Schuss, ein Treffer, sage ich dir!« Er zielte auf Hamlet.

Plötzlich schwirrte ein kleiner, grüner Fleck heran. »Spy!«, rief Hamlet.

»Du musst nicht ins Grab, ich lenke ihn ab!«, kam es zwitschernd zurück, und schon zischte der Kolibri ins Innere des Autos und tanzte vor Müllers Gesicht herum.

»Was ist das denn!«, brüllte der Direktor und schlug nach dem Vogel, aber da war Spy schon wieder draußen.

Hamlet lief weiter. »Danke! Und jetzt raus hier, Spy!«

Der flinke Kolibri hatte sich schon wieder in die Höhe geschraubt und flog auf das Tor zu. Hamlet setzte ihm mit großen Sprüngen nach.

Am Tor stand plötzlich ein Wärter, der dem fliehenden Wolf verblüfft entgegensah.

»Halt den Wolf auf!«, brüllte der Direktor. »Stell dich ihm in den Weg!«

Doch der Mann konnte gar nicht reagieren, da war Hamlet schon an ihm vorbei.

»Versager!«, brüllte Müller und hob erneut das Gewehr. »Du bist gefeuert!« Er drückte ab. Mit einem leisen Plopp traf der Betäubungspfeil den Wachmann in den Schenkel.

»Aber Herr Direktor«, stöhnte der Mann. Dann sank er auch schon in sich zusammen.

Mit einem großen Satz sprang Hamlet über das Drehkreuz am Ausgang hinweg und jagte auf die Straße. Mit dem Wagen konnte Müller ihm unmöglich folgen.

Doch Hamlet täuschte sich. Müller gab Gas und raste auf das Drehkreuz zu. Mit einem ohrenbetäubenden Krachen preschte der Wagen durch die Absperrung, und das Metallgestänge des Kreuzes flog durch die Luft wie ein Bumerang.

Dann jagte das Auto auch schon auf Hamlet zu. Jetzt wurde es doppelt gefährlich. Mit einem Knurren sprang Hamlet zur Seite, als ihn die Stoßstange des Wagens nur knapp verfehlte.

Hamlet rannte, wie er noch nie in seinem Leben gerannt war. Spy war immer dicht bei ihm und wies ihm den Weg. Hinter ihm hupten Autos und quietschten Bremsen, als Müller einfach auf die Straße schoss. Doch Hamlet blickte sich nicht mehr um.

»Wie weit ist es noch, Spy?«, keuchte er.

Spy kam heran und flog direkt neben Hamlets Ohr. »Dreimal um die Ecke, dann durch eine Hecke!«

Sirrend flog ein Betäubungspfeil dicht an Hamlet vorbei. Er schlug einen Haken und rannte weiter. Doch Müller ließ sich nicht abschütteln. Wieder kam ein Pfeil angeflogen und blieb in einem Autoreifen neben ihm stecken.

»Alles klar, wir sind da!«, rief Spy. Hamlet sah auf. Vor ihnen lag der große Schrottplatz mit dem verrosteten Bagger. Erleichtert rannte Hamlet darauf zu. Mit einem Pling knallte der nächste Pfeil in die leere Baggerschaufel. Doch Hamlet hatte sich schon weggeduckt und kroch unter den Bagger. Er machte noch ein paar Sätze in die Dunkelheit, dann blieb er erschöpft hechelnd stehen.

Der Kolibri war bei ihm. »Spy, du hast mir das Leben gerettet«, rief Hamlet dankbar. »Das vergesse ich dir nie. Hierher kann Müller mir nicht folgen, oder? Das Auto ist viel zu groß, und er wird sich nicht trauen, in das Loch zu krabbeln.«

Er blickte zurück. Und ihm wurde klar, dass er sich ein weiteres Mal getäuscht hatte. Müllers Kopf erschien unter der Baggerschaufel. »Hallo, da bist du ja wieder«, grinste er breit und zog das Gewehr hinter dem Rücken hervor. »Hast du dir einen Bau gesucht? Tja, dann wird es wohl Zeit, dass ich dir da drin mal einen Besuch abstatte.« Und damit schob sich der Zoodirektor in den unterirdischen Gang.

8. Kapitel

»Auwei, auwei – gleich ist alles vorbei!« Ein völlig aufgelöster Spy flatterte wie rasend vor Hamlets Nase auf und ab.

Hamlet schnaubte und machte einige Sätze in den Gang hinein. Dann sah er sich um. Müller war vorerst nur noch ein Schatten gegen das einfallende Licht. In der Enge des Ganges kam der Mensch eindeutig langsamer voran als Wolf und Kolibri.

»Wir müssen Müller abhängen, Spy«, knurrte Hamlet. »Wenn er das Paradies entdeckt, findet er die anderen. Das darf nicht passieren. Das Wilde Pack ist in Müllers Augen eine riesige Pelzhandlung!«

»Da hast du kein Glück – du kannst nicht zurück. Und fliehst du nach vorn, dann sind wir verlor'n!«

Hamlet schauderte. Der Kolibri hatte recht. Der Gang führte geradewegs zum Paradiesplatz, und es gab keine Abzweigung, in die sie Müller locken konnten. Im selben Augenblick spritzte neben ihnen ein Stück Wand weg. Der Zoodirektor lachte dröhnend. Er musste sein Betäubungsgewehr aufs Geratewohl in die Dunkelheit abgefeuert haben. Und er hatte Hamlet nur um Zentimeter verfehlt. »Warte doch, Wölfchen, ich komme! Gleich habe ich dich!«

Spy raste mit Blitzgeschwindigkeit weiter. Hamlet setzte ihm nach. »Spy, du musst die anderen warnen. Müller darf sie auf keinen Fall sehen! Sie sollen sich verstecken.«

Der Kolibri piepste nervös. »Das hat keinen Zweck, hier ist doch das Versteck!«

Hamlets Fell sträubte sich. Wenige Meter vor ihnen lag bereits der Eingang zum Paradiesplatz. Hamlet war entschlossen, alles zu tun, um die anderen Tiere zu schützen. Mit einem Satz sprang der Wolf durch das Loch und prallte auf einen verdutzten Ampel, der ihn wütend aus einem verdrehten Auge ansah. »Kannst du nicht aufpassen, du Staubfänger? Man sollte dir wirklich Manieren beibringen und zwar ...«

Weiter kam das Chamäleon nicht. »Ruhig, Ampel! Und alle anderen mal herhören!«, rief Hamlet. »Ich habe keine Zeit für Erklärungen. Ein Mensch verfolgt mich. Es ist der Zoodirektor, dem ich entkommen bin. Er hat ein Gewehr. Versteckt euch sofort. Wen er trifft, der ist verloren.«

Ampel, der eben noch so grau wie der Fußboden gewesen war, nahm vor Schreck schlagartig eine bunt schillernde Tarnfärbung an. Diese mochte im Dschungel von Nutzen sein, aber hier leuchtete das Chamäleon plötzlich wie eine Christbaumkugel. »Wie kannst du nur so dumm sein, einen Menschen herzuführen?«, keuchte er.

»Weil der Wolf ein Verräter ist! Das habe ich ja gleich gesagt!« Von einer der alten Lampen starrte Ludwig, der Pavian, Hamlet mit wutverzerrtem Gesicht an.

Hamlet sah entsetzt auf. »Du irrst dich!« Er wandte sich um. Aus dem Gang drang bereits Müllers Geruch. Hamlet blieb nicht viel Zeit. »Ich habe euch nicht verraten! Ich wollte wirklich meinen Freund Barnabas retten. Und Müller ist mir nachgekommen.«

Über Hamlet zischte ein grüner Funken hin und her. »Ja klar, das ist wahr«, zwitscherte Spy. »Ich war dabei! Spy aus dem Ei.«

»Du hast wirklich den Menschen hinter dir hergelockt, damit er deinem Freund nichts tut?« Tulpe tauchte vor Hamlet auf. Dann sah sie in die Runde. »Dann ist der Wolf unschuldig. Er wollte seinem Freund helfen. Er war bestimmt dumm, aber er ist kein Verräter.«

»Was für eine vertrottelte Wollfluse ist dieser Wolf eigentlich?«, rief Ampel. »Es ist nicht zu fassen!«

Shiva, die Pantherdame, lief unruhig auf ihrer Treppe hin und her. »Wo ein Mensch auftaucht, sind in kurzer Zeit Hunderte. Und dann sind wir alle verloren.« Sie fauchte wütend.

»Das bringt doch jetzt nichts!« Aus seinem Gully war Oskar aufgetaucht. »Hamlet hat recht, wir müssen uns verstecken! Wenn der Mensch denkt, hier unten sei nur der Wolf, verzieht er sich vielleicht wieder!«

»Was für ein genialer Vorschlag«, geiferte Ludwig. »Sollen wir uns vielleicht unsichtbar machen oder alle in deinen Gully tauchen und ertrinken?«

»Natürlich nicht«, gab Oskar zurück. »Wir müssen ins Labyrinth! Dann muss der Wolf warten, bis der Mensch kommt und ihn über die Gleise weglocken.«

Zwischen den Tieren breitete sich schlagartig Stille aus. Dann wisperte, knurrte und zischte es:

»Ins Labyrinth!«

»Habt ihr gehört?«

»Wir sollen ins Labyrinth!«

Hamlet horchte auf. »Was ist das Labyrinth?«, fragte er.

»Gänge, die von hier tiefer nach unten führen«, antwortete Tulpe. »Aber wir sind da nie. Es ist – unheimlich. Bist du bereit, den Menschen wegzulocken, Wolf?«

»Ich heiße Hamlet«, knurrte Hamlet. Dann richtete er sich auf. In ihm keimte eine Idee. Vielleicht konnte er Barnabas doch noch retten. »Was ihr da vorschlagt, geht nicht. Ich kann Müller nicht einfach wieder ins Freie locken. Im Gegenteil, ich muss ihn für eine Weile außer Gefecht setzen. Er muss so lange hier unten bleiben, bis ich Barni aus dem Zoo befreit habe. Helft mir dabei oder lasst es bleiben. Aber ich locke Müller nicht von euch weg, damit Barnabas sterben muss!«

Tulpe, Oskar und Ampel starrten Hamlet verblüfft an. »So einen Freund müsste man haben«, murmelte Oskar.

»Hamlet hat recht, der Plan ist nicht schlecht! Zu zweit sein, heißt nicht allein«, piepste es hoch über ihnen. Spy drehte eine Runde und glühte förmlich vor Eifer. »Ich werd deinen Plan wählen, auf mich kannst du zählen.«

»Und was soll das für ein Plan sein?«, fragte Ampel halb herablassend, halb ängstlich.

»Wenn es da unten ein Labyrinth gibt«, sagte Hamlet schnell, »verirrt sich Müller dort vielleicht. Und dann …«

»So ein Schwachsinn!« Shiva fletschte die Zähne. »So was kann sich nur ein Bettvorleger ausdenken. Da mache ich nicht mit!«

Doch es war Ampel, der die Sache entschied. »Da hinten kommt der Mensch«, zischelte er, ein Auge in den Gang gerichtet. Mit dem anderen fixierte er einen alten Lastwagenreifen, der an der Höhlenwand lehnte. »Ihr schafft es sowieso nicht mehr alle ins Labyrinth ohne einen Trick von mir.«

Ampel watschelte auf den Eingang zu, durch den Müller gleich kommen würde. Dann legte er sich quer hinein und nahm die Farbe des Mauerwerks an. Zwar verdeckte sein Körper nicht den gesamten Eingang, aber dieser wirkte jetzt so schmal, dass unmöglich ein Wolf hindurchgekommen sein konnte. »Ich halte den Menschen auf«, verkündete das Chamäleon. »Und ihr verschwindet ins Labyrinth. Dieser bekloppte Wolf gibt sowieso nicht nach, das verrät mir mein Echseninstinkt. Geht zu Rafina! Vielleicht kann sie euch helfen.« Er blinzelte Hamlet zu. »Viel Glück, du Fußmatte!«

»Wer ist …«, setzte Hamlet an, doch Ampel unterbrach ihn.

»Keine Zeit jetzt! Müller ist gleich da! Beeilt euch!«

Hinter dem Chamäleon wurde der Menschengeruch stärker. Ampel schloss das zweite Auge und sah nun ganz und gar aus wie ein Teil der Wand.

Schnell rollte Ludwig den Lastwagenreifen zur Seite. Dahinter öffnete sich ein dunkler Eingang. »Du zuerst«, keifte der Pavian Hamlet an. »Wenn Rafina einen von uns frisst, dann lieber dich als mich.«

Hamlet zögerte, dann steckte er den Kopf in die Höhle. Es roch kühl und feucht. Hamlet nahm all seinen Mut zusammen und sprang in die Dunkelheit. Sofort folgten die übrigen Tiere eins nach dem anderen. Nur der Frosch zog es vor, stattdessen im Gully zu verschwinden. Und auch Spy blieb zurück. Dem Kolibri war es in dem Gang zu eng. Er flog hinauf und versteckte sich hinter einem Mauervorsprung unter der Decke.

In dem Geheimgang wuchsen nur wenige der Leuchtflechten. Es war kaum etwas zu sehen. Dafür funktionierte Hamlets Geruchssinn umso besser. Er witterte vor allem eines: die Furcht der anderen.

Das Stinktier war direkt hinter ihm. »Tulpenblüte«, flüsterte Hamlet, »wer ist diese Rafina?«

»Rafina ist eine Anakonda, eine Riesenschlange. Sie verkriecht sich schon seit Jahren im Labyrinth. Wir sehen sie nur sehr selten. Manche Tiere, die sich zu weit in das Labyrinth vorgewagt haben, sind nie wieder zurückgekehrt. Einige glauben, dass sie Rafina zu nahe gekommen sind. Und dass Rafina … nun ja … sich nicht an die Regel hält.«

Jetzt verstand Hamlet, warum alle Angst hatten. Ihm selbst ging es nicht besser.

Langsam trottete die seltsame Karawane durch die Dunkelheit. Keines der Tiere gab einen Laut von sich. Nur wenn sie an eine Abzweigung kamen, sagte jemand von hinten:

»Links!« oder: »Rechts!« oder: »Geradeaus!« Hamlet folgte den Anweisungen ohne Widerspruch, und sie drangen tiefer und tiefer in das Labyrinth.

Schließlich öffnete sich der Gang zu einer kleinen runden Felsenhöhle. Hamlet blieb stehen. Die hintere Wand der Höhle sah merkwürdig aus. Im spärlichen Licht der Leuchtflechten schimmerte sie nicht grau oder braun, sondern war olivgrün. Olivgrün mit schwarzen Flecken, um genau zu sein. Hamlet erstarrte. Hier war etwas nicht normal.

Plötzlich gerieten die schwarzen Flecken in Bewegung. Sie zitterten, dann glitten sie plötzlich nach oben und nach unten. So etwas hatte Hamlet noch nie zuvor gesehen: Die Wand war eindeutig lebendig.

Die anderen Tiere hinter ihm waren stehen geblieben und drängten sich eng aneinander. »Rafina«, flüsterte eine Stimme, »das ist sie.«

Hamlet nahm Witterung auf. Dann wurde ihm klar, was die anderen meinten. Die lebende Wand war keine Wand, sondern der Körper einer riesigen Schlange. Sie war so lang, dass Hamlet weder ihren Anfang noch ihr Ende sehen konnte. Das in Bewegung geratene grünschwarze Muster machte ihn ganz schwindlig, je länger er darauf starrte.

Dann erklang eine leise, leicht zischende und irgendwie schöne Stimme. »Wer stört meine Träume?«, wisperte sie. »Wer kommt und durchwandert das Labyrinth?«

Rund um Hamlet tapsten und sprangen Pfoten, zitterten Leiber und wurde der Atem angehalten. Dann schob sich plötzlich ein schmales und spitzes Gesicht aus den endlosen Windungen des Schlangenkörpers und verharrte reglos vor Hamlets Schnauze. Grau schimmernde, runde Augen fixierten den Wolf. Eine gespaltene Zunge zischelte blitzschnell aus dem Schlangenmaul und berührte dabei fast Hamlets feuchte Nase. »Wassss wollt ihr hier bei mir? Und wer bissst du?«

Hamlet versuchte ruhig zu bleiben. Was nicht leicht war angesichts des gigantischen Körpers der Anakonda, der sich immer noch bewegte wie in einem endlosen Tanz, obwohl der Kopf längst still stand.

»Rafina«, gab Hamlet zurück, »ich bin Hamlet. Wir werden von einem Menschen verfolgt. Zoodirektor Müller. Er will mich und meinen besten Freund, den Gorilla Barnabas, töten.«

»Zzzzoodirektor Müller.« Der Kopf der Schlange zuckte in die Höhe und verschwand in der Dunkelheit. Dann kam er plötzlich aus der entgegengesetzten Richtung wieder auf Hamlet zu geschossen. »Und?«

»Wir brauchen deine Hilfe, um ihn aufzuhalten. Sonst sind wir alle verloren.«

»Verloren«, wiederholte Rafina und vergrub ihren Kopf wieder in den Windungen ihres Körpers. Nun war nur noch ihre Stimme zu hören. »Verloren in einem Reich der Träume. Dassss bin ich schon lange. Das sind wir alle.«

Hamlet wusste nicht so recht, was er darauf antworten sollte.

»Wenn Müller dich hier findet, wirst du nicht mehr träumen können. Ich schätze, er wird in dir nicht mehr sehen als ein paar Stiefel oder eine neue Handtasche für seine Tochter.«

»Ich weissss …«, kam es aus dem grün-schwarzen Gewimmel.

Hamlet scharrte mit einer Pfote. »Aber wenn wir Müller her locken und du ihn festhältst, dann gewinne ich vielleicht die Zeit, die ich brauche, um Barnabas aus dem Zoo zu befreien und …«

Der Kopf der Anakonda schoss wieder hervor und gleichzeitig erstarrte ihr gleitender Körper. Hamlet wurde schwindlig. Es war, als hätte er sich zu lange um die eigene Achse gedreht und wäre plötzlich stehen geblieben.

Rafina züngelte und starrte Hamlet an. »Wenn ihr ihn herlockt, dann gehört er mir.« Sie zischelte und ihre grauen Augen klickten, als sie kurz die Lider darüber schob. »Wo isssst er denn, dieser Müller?«

Zoodirektor Müller stand in diesem Augenblick direkt vor Ampel und starrte durch den Spalt über dem Chamäleon auf den Paradiesplatz.

»Eine Höhle«, murmelte Müller. »Und was für eine! Aber wo ist dieser Wolf? Der Spalt ist zu schmal für ein so großes Tier.« Das Gewehr fest im Anschlag sah Müller sich um.

Ampel lauschte aufmerksam und versuchte nicht zu zittern. Das dem Zoodirektor zugewandte Auge hielt er ge-

schlossen. Mit dem anderen blickte er nach oben zur Decke, wo Spy auf einem Vorsprung saß und nur noch als winziger smaragdgrüner Punkt auszumachen war.

»Wölfchen, wo bist du? Mein Lieber, komm zeig dich«, lockte Müller mit süßlich verstellter Stimme und entfernte sich ein paar Schritte.

Ampel überlegte. Sobald Müller bemerkte, dass der Gang wenige Meter weiter bereits endete, würde er zurückkommen. Und dann würde er das Loch untersuchen …

Das Chamäleon öffnete sehr langsam und vorsichtig auch das zweite Auge. Müller stand mit dem Rücken zu ihm. Jetzt oder nie! So leise wie möglich verließ Ampel seinen Posten und kletterte die Wand empor. Die Decke des Paradiesplatzes erschien ihm der sicherste Platz. Langsam und lautlos schlich er sich von dannen, dem aufgeregt zitternden Spy entgegen, und nahm gleichzeitig eine schmutzig dunkle Färbung an. Als er die Decke erreicht hatte, war Ampel praktisch unsichtbar.

»Verflixt!«, hörte er Müller unter sich fluchen. »Hier kann der Wolf nicht lang sein! Aber wo … Moment mal! Das war doch eben noch ein viel kleineres Loch!«

Der Lauf des Gewehrs tauchte auf, gefolgt von Müllers Kopf, auf dem sein Tropenhelm saß. Argwöhnisch legte der Zoodirektor das Gewehr an und sog scharf die Luft ein. »Sehr merkwürdig«, murmelte er und kletterte durch das Loch.

Ampel hing kopfüber an den Decke und bekam es mit der Angst zu tun. Was, wenn Müller nach oben sah? Wenn seine Augen besser waren, als Ampel dachte? Oder seine Nase? Oder seine Ohren?

»Er kommt zu uns rein, das ist gar nicht fein«, zwitscherte Spy leise.

»Halt den Schnabel, du Winzling!« Ampel drehte sein Auge nach unten und beobachtete, wie Müller in die Knie ging, um etwas am Boden in Augenschein zu nehmen.

»Das gibt es doch nicht«, murmelte Müller. »Hier sind Tierspuren! Sie führen direkt auf den alten Reifen zu! Was geht denn hier vor?« Müller rollte den Reifen zur Seite. Ampel hörte das boshafte Kichern des Zoodirektors. »Na warte, Wölfchen, dich kriege ich schon!« Dann kletterte Müller durch die Öffnung in der Wand und betrat das Labyrinth.

Hamlet witterte den Zoodirektor, bevor er ihn sah. Ein Schaudern durchfuhr ihn. »Er kommt!«

Die Tiere drängten sich ängstlich zusammen. Rafinas Höhle war eine Sackgasse, es gab nur einen Weg nach draußen. Und von dort wehte ihnen der Gestank von Gier und Hinterlist entgegen, der immer näher kam.

»Zurück«, rief Hamlet. »Er sucht mich. Und er darf euch nicht sehen. Wenn er rausfindet, dass hier unten viele Tiere leben …« Hamlet sprach nicht weiter. Die anderen verstanden ihn auch so und zogen sich in die letzten Winkel und Schatten von Rafinas Höhle zurück. Dutzende von ängstlichen Augen starrten in den tiefschwarzen Gang, aus dem sich langsam Schritte näherten.

Hamlet stellte sich in die Mitte der Höhle, klemmte den Schwanz ein, senkte den Kopf und knurrte.

Die Schritte verhielten für eine Sekunde. Dann trat Müller

mit erhobenem Gewehr in das schwache Licht der Leuchtflechten. »Da bist du ja, Wölfchen. Bist in eine Falle gelaufen, ja? Darüber brauchst du dir keine Sorgen mehr zu machen. Die Zeit der Sorgen ist jetzt vorbei.« Müller lächelte und richtete den Lauf des Gewehrs auf Hamlet.

Doch plötzlich schob sich eine olivgrüne Wand von oben in sein Blickfeld. Olivgrün mit schwarzen Punkten.

»Was ist …«, stieß der Zoodirektor verblüfft aus. Dann umschloss ihn plötzlich ein seltsames, sich windendes Etwas. Das Olivgrün war auf einmal überall um ihn. Innerhalb von Sekunden hatte es ihn vollständig eingehüllt wie eine Spirale. Müller fühlte sich wie in einer Wurstpelle. »Wo bin ich?«, keuchte der Zoodirektor. Er sah nichts mehr außer einer schuppigen, sehr schön gemusterten Wand, die sich vor seinen Augen immer enger zusammenzog. In seinen Ohren summte und brauste es. Und plötzlich konnte Müller sich nicht mehr rühren.

»Ich habe ihn«, verkündete Rafina. Die Anakonda hielt Müller mit ihrem Körpers fest umschlungen.

Langsam und ehrfürchtig traten die Tiere näher.

»Und da kommt er wirklich nicht mehr raus?«, fragte Tulpe ängstlich.

Rafinas Kopf schob sich aus den vielen Windungen, in denen irgendwo Müller steckte, heraus und zischelte: »Soll das ein Witzzzz sein?«

»Was hast du jetzt mit ihm vor, Rafina?«, fragte Hamlet.

»Er gehört mir! So war es abgemacht. Dieser Mensch hat mich aus der grünen Welt entführt.«

»Aus der grünen Welt?«

»Voller Bäume und Wasssser und warmer Dämmerung. Meiner Heimat.«

Plötzlich begriff Hamlet, wovon die Anakonda redete. »Müller hat dich entführt?«

»Ja. Aber ich konnte fliehen. Ich würde ihn am liebsssten verschlingen.«

»Bloß nicht, Rafina!«, rief Hamlet. »Müllers Auto steht da draußen. Wenn jemand ihn sucht, führt die Spur direkt hier runter. Aber – du teilst dein Schicksal mit meinem Freund Barnabas. Er ist auch von Müller aus dem Urwald in den Zoo gebracht worden. Und ich will ihn befreien. Wenn du Müller so lange festhältst, kann ich es schaffen. Und dann sehen wir, was wir mit ihm machen.«

Rafinas starre Augen ruhten auf Hamlet. Dann zischte sie: »Ich könnte das Ekelpaket sowieso nicht verdauen. Befreie deinen Freund! Ich halte Müller so lange fest.«

Die Pantherdame Shiva näherte sich auf sanften Pfoten. »Danke, Rafina«, schnurrte sie. »Danke, Wolf. Ich meine … Hamlet! Du hast großen Mut bewiesen. Wir sind dir etwas schuldig. Wenn du willst, komme ich mit dir.«

»Ich auch! Ich auch!«, riefen einige Stimmen.

»Caramba!«, quakte der Frosch.

Hamlet konnte es nicht fassen. Es sah ganz so aus, als würde er doch noch Hilfe bekommen bei der Rettung seines Freundes.

9. Kapitel

Die Morgendämmerung kündigte sich schon als blasser Streifen am Horizont an, als sich der Barni-Befreiungstrupp des Wilden Packs auf den Weg zum Zoo machte. Angeführt von Spy, der den Weg zeigte, liefen Hamlet, Tulpe und Shiva schnell und lautlos durch die Straßen. Die anderen waren zurückgeblieben, obwohl viele hatten mitkommen wollen. Aber Hamlet wollte die Tiere nicht in Gefahr bringen. Außerdem waren viele zu langsam, um mit einem flinken Stinktier, einem pfeilschnellen Panther und einem zu allem entschlossenen Wolf mitzuhalten. Und ihnen blieb nicht viel Zeit. Noch waren die Straßen in der Stadt verlassen, und sie liefen nicht Gefahr, Menschen zu begegnen. Doch bald würde die Sonne aufgehen.

Plötzlich tauchten zwei Schatten über ihren Köpfen auf. Das Papageienpärchen, dessen Lieblingsplatz das alte Holzschild auf dem Paradiesplatz war, kam angeflogen. »Wir kommen mit, Hamlet!«

»Wie heißen die beiden noch mal?«, wollte Hamlet wissen.

»Kaka und Du«, antwortete Shiva. »Ihre Menschenbesitzer haben sie so genannt. Ich würde mich weigern, mich so nennen zu lassen. Aber die beiden sagen, sie haben sich dran gewöhnt.« Die Pantherdame ließ ihren schwarzen Schwanz durch die Luft peitschen.

Hamlet bedankte sich bei den beiden weißen Papageien. Wer wusste, ob sie nicht helfen konnten.

»Wie sieht eigentlich dein Plan aus?«, wollte Tulpe wissen, die nicht von seiner Seite wich.

Hamlet schwieg. Die Frage hatte er befürchtet. Er zerbrach sich schon die ganze Zeit den Kopf darüber, wie es möglich sein könnte, Barni aus dem Gorillagehege zu holen. Aber das war schwierig. Gitter und Tor des Geheges bestanden aus armdicken Eisenstäben, und dahinter verlief zusätzlich ein tiefer Betongraben mit steilen Wänden, der jedes Tier, das nicht fliegen konnte, an der Flucht hinderte.

Shiva blickte ihn fragend aus ihren durchdringend bernsteinfarbenen Augen an. »Also?«

»Na ja«, murmelte Hamlet. »Zuerst müssen wir in den Zoo rein. Und dann … dann …«

Zum Glück ertönte eine hohe Stimme über ihnen. »Hurra, hurra, wir sind gleich da!«

Hamlet blieb stehen und schob seinen Kopf um die nächste Hausecke. Sie hatten den Zooeingang erreicht. Einsam und verlassen lagen das Kassenhäuschen und das hohe Tor vor ihnen.

»Das Reinkommen ist kein Problem!«, rief Tulpe erleichtert. Flink wuselte sie auf das Tor zu und schlüpfte durch die Stäbe. Dann blickte sie ratlos zurück. »Aber was ist mit euch? Shiva ist vielleicht ein bisschen zu … na ja …«

»Ein bisschen zu was?«, fauchte die Pantherdame und kam näher. »Willst du irgendetwas andeuten? Dann schau genau zu!« Shiva nahm einen kurzen Anlauf und sprang mit einem gewaltigen Satz über das Tor. Vollkommen lautlos setzte sie auf der anderen Seite auf und drehte sich lässig zu Tulpe um. »So macht man das!«

Hamlet sprang seinerseits über das notdürftig reparierte Drehkreuz. Dann übernahm er die Führung, ohne auf die verwunderten Blicke der anderen Zootiere zu achten. Schon bald erreichten sie das Gorillagehege. »Wir sind da!«

Barnabas lag zusammengerollt oben auf seinem Lieblingsplatz und seufzte. »Hammi, Hammi, Hammi, wo bist du nur? Wenn Müller dich erwischt hat, dann mache ich Kleinholz aus ihm. Und wenn er mir tausend Betäubungspfeile in den Pelz schießt. Bevor ich ohnmächtig werde, kriegt er seine verdiente Strafe, so wahr ich Barnabas heiße.«

»Er hat mich aber nicht gekriegt«, sagte Hamlet laut.

Der Gorilla sah auf. »Hammi? Du bist wieder da!«

»Das habe ich dir versprochen«, sagte Hamlet leise. »Und Müller haben wir auch besiegt. Vorübergehend jedenfalls.«

Barnabas richtete sich auf. »Wir?«

Hamlet zeigte mit der Schnauze auf seine Begleiter. »Das Wilde Pack. Das sind hier Tulpenblüte und Shiva. Und da oben fliegen noch Kaka und Du.«

»Kaka und ich?«, fragte Barnabas verständnislos. »Aber ich bin doch hier, nicht da oben.«

»Nein, ich meine … vergiss es.«

»Spy aus dem Ei ist auch dabei!«, zwitscherte es.

Barnabas lächelte breit, als er den Kolibri erkannte. »Das ist wirklich toll, dass ihr alle gekommen seid.«

»Wir müssen uns beeilen, Hamlet, die Sonne geht bald auf«, drängte Shiva mit besorgtem Blick zum Himmel.

»Ja«, stimmte Tulpe zu, »wie geht es jetzt weiter?«

Hamlet schluckte. Er hatte nicht die geringste Ahnung.

»Schließ doch erst mal die Gittertür auf«, schlug Barnabas vor. »Wenn ihr Müller besiegt habt, habt ihr ihm doch den Schlüssel abgenommen, oder?«

Hamlet jaulte innerlich auf. »Daran habe ich nicht gedacht! Müller liegt gut verschnürt in einer Anakonda.«

»Was?« Barnabas riss die Augen auf. Dann hob ein Grollen in seiner Kehle an, das wie ein Dutzend schwerer Gewitter klang. »Ihr habt Müller in eine Anakonda eingesperrt. Das ist zu gut! Das ist der Wahnsinn! Oh, Leute, ich würde euch alle ans Herz drücken, wenn ich das könnte.« Barnabas lachte und johlte, dass ihm die Tränen kamen.

Shiva steckte den Kopf durch das Gitter und schaute hinab in den tiefen Graben, der das Gehege umgab. Auch Tulpe starrte in den tiefen Abgrund. Schließlich sah das Stinktier Hamlet an. »Selbst wenn das Gitter nicht wäre: Über diesen Graben kommt keiner von uns. Zu breit und zu tief!«

»Ich weiß«, sagte Hamlet betreten.

»Wie – ich weiß?«, fauchte Shiva. »Ich dachte, du hättest einen Plan?«

»Ich entwickle gerade einen. Ich hatte eben noch keine Zeit, in Ruhe nachzudenken«, knurrte Hamlet. »Also, immer der Reihe nach. Wir müssen Barni nur über den Graben helfen. Über den Zaun schafft er es alleine.«

Spy nickte. »Wenn der Gorilla Flügel hätte, würd' er's schaffen, jede Wette.«

»Aber ein Gorilla kann nicht fliegen«, sagte Tulpe.

»Und so lange Arme, dass er von der anderen Seite des Grabens an den Zaun kommt, hat er auch nicht«, rief Kaka.

Hamlet kam ein Gedanke. »Aber wenn wir seine Arme verlängern …«

Der zweite Papagei, Du, beäugte ihn. »Man kann keine Arme verlängern.«

Hamlet hob aufgeregt die Schnauze. »Doch! Wir machen es so, wie die Menschen. Wir benutzen Werkzeug! Und zwar … und zwar …« Er blickte sich suchend um. Es gab nicht besonders viel in der Nähe, was ihnen als Werkzeug dienen konnte. Doch dann fiel sein Blick auf den kleinen Geräteschuppen. »Kommt alle mit!«

Hamlets plötzlicher Eifer wirkte ansteckend. Wie ein Feuerwerk schossen die weiß gefiederten Vögel in die Höhe und folgten ihm. Auch Shiva und Tulpe kamen mit. Sie erreichten den Schuppen und Hamlet sprang an die Türklinke. Doch die Tür war fest verschlossen. »Typisch«, murmelte er. »Menschen haben immer Angst, dass man ihnen etwas wegnimmt.«

Eilig umrundete er das kleine Gebäude. Auf der Rückseite fand er, was er suchte: ein angelehntes Fenster. »Tulpe! Du bist die Kleinste von uns! Du musst da rein und uns sagen, was du siehst!«

Das Stinktier sprang auf den Sims und schnupperte ängstlich in die Dunkelheit des Schuppens. Doch dann siegte ihr

Mut und sie schlüpfte durch den schmalen Fensterspalt und verschwand im Inneren des Schuppens.

»Hier ist jede Menge Zeug«, drang ihre gedämpfte Stimme nach draußen. »Aber das ist alles groß und sperrig. Das kann ich nicht allein bewegen.«

»Was *kannst* du denn allein bewegen?«, drängte Hamlet.

»Na ja, nicht viel. Die kleine Schaufel hier vielleicht. Oder ein paar Handschuhe. Oder diesen Schlauch ...«

»Den Schlauch!«, rief Hamlet. »Hol den Schlauch!«

Es klapperte und raschelte im Innern des Schuppens, dann kam Tulpe wieder ans Fenster, in der Schnauze das Ende eines Gummischlauchs. Sofort waren Hamlet und Shiva zur Stelle. Gemeinsam zerrten sie den Schlauch heraus und zogen ihn zum Gorillagehege.

»Und jetzt?«, fragte Tulpe atemlos.

»Wir legen eine Schlinge um das Gitter, und zwar ganz oben. Dann müssen die beiden Enden des Schlauchs zu Barni. Und dann kann er fliegen.«

»Fliegen?« Barnabas, der die gesamte Aktion mit großen Augen verfolgt hatte, lachte plötzlich brüllend. »Also, Hammi, das ist echt ein bisschen viel verlangt, findest du nicht? Ich meine, fliegen, ich weiß nicht, das traue ich mir beim besten Willen nicht zu.«

»Vertrau mir«, sagte Hamlet nur, dann wandte er sich an die beiden Papageien. »Kaka, Du! Schafft ihr es, eine Schlinge um das Gitter zu legen und die Schlauchenden zu Barni zu tragen?«

Die Papageien segelten heran und packten jeder ein Ende mit den Krallen. »Es ist ganz schön schwer. Aber wir versuchen es«, krächzte Kaka. Du spreizte sein Gefieder. Dann hoben die beiden Papageien ab.

Sie flatterten mit ganzer Kraft, gewannen aber nur langsam an Höhe. Und mit jedem Stück, das sie schafften, wurde der Schlauch in ihren Krallen schwerer. Aber schließlich waren sie oben und hockten sich erschöpft auf die Gitterstange.

»Ihr habt es geschafft!«, rief Tulpe begeistert.

Kaka und Du verschnauften einen Moment, dann legten sie eine Schlinge um das Gitter, nahmen je ein Schlauchende und stießen sich ab. Elegant segelten sie über den tiefen Graben, der sich rund um das Gorillagehege zog. Aber der schwere Schlauch zog ihre leichten Körper sofort nach unten. Die beiden Vögel schlugen wie wild mit den Schwingen.

»Ihr schafft es!«, rief Shiva.

»Gebt nicht auf! Ihr habt es drauf!«, piepste Spy und schwirrte um die Papageien herum.

In diesem Moment glitt Du mit einer Kralle vom Schlauch

ab. Verzweifelt packte er ihn und stürzte dabei fast einen halben Meter ab, ehe er sich wieder fangen konnte.

Hamlet sah, dass die Vögel die Kraft verließ. »Barni streck die Arme aus«, rief er laut. »Kaka und Du! Springt in Barnis Arme. Er wird euch fangen!«

»Komm, Kaka!«, keuchte Du.

»Oh, Du«, ächzte Kaka.

Sie schlugen noch einmal wild mit den Flügeln, dann fielen sie.

Eine dicht behaarte Hand streckte sich vor ihnen aus und fing die beiden Papageien sanft aus der Luft.

»Hab sie, Kumpel!«, brummte Barnabas und blies sanft in das Gefieder seiner neuen Freunde.

»Ah«, stöhnte Kaka und der Schlauch rutschte ihr aus den Krallen. Aber Barnabas hatte ihn schon. Er nahm auch das zweite Schlauchende und setzte sich Kaka und Du auf die Schulter. Dann blickte Barnabas über den Graben hinweg zu Hamlet. »Und jetzt?«

Der Wolf schnaufte erleichtert. »Jetzt fliegst du.«

Barnabas begriff nicht, wovon Hammi sprach. Er konnte das mit dem Fliegen doch nicht wirklich ernst meinen? Ratlos blickte er auf die beiden Schlauchenden in seinen Pranken.

Und plötzlich stieg eine sehr alte Erinnerung in ihm auf. Ein Bild erschien vor seinem inneren Auge, ein Bild aus seiner Kindheit: sattes, dunkles Grün, dichte Bäume und … »Lianen! Hammi, der Schlauch ist wie eine Liane!«

»Was ist denn eine Liane?«, fragte Tulpe.

Doch da hatte Barnabas den Schlauch schon so weit oben wie möglich gepackt und sich vom Rand des Grabens abgestoßen. Kaka und Du flatterten erschrocken von seinen Schultern auf, als sich der Gorilla über den Abgrund schwang.

»Ich flieeeege!«, brüllte Barnabas aus voller Kehle. Dann landete er sicher auf der anderen Seite und kletterte ohne

Mühe über das Gitter. Mit einem Satz landete der Gorilla mitten zwischen Hamlet, Shiva und Tulpenblüte und strahlte sie alle an. »Mann, Hammi, ich bin geflogen, ich bin wirklich geflogen, hast du gesehen? Das war super!« Er schloss seinen Wolfsfreund in die Arme.

Ehrfürchtig wichen das Stinktier und die Pantherdame ein Stück zurück.

»Dein Freund ist ein Riese!«, schnurrte Shiva.

»Ja«, sagte Hamlet glücklich. »Das ist er.«

In diesem Moment ging die Sonne auf.

10. Kapitel

Ein grüner Funken schoss durch die Gruppe. »Jetzt aber schnell, es wird schon hell!«

Die Tiere sahen auf. Die Dächer der Häuser leuchteten in goldenem Licht, und aus der Stadt drang bereits der Lärm einiger Autos. Tulpe fiepte nervös. »Wir schaffen es nicht mehr rechtzeitig zurück. Die Menschen werden uns sehen! Und dann sind wir dran!«

Shiva sprang vor. »Wir müssen es schaffen. Wenn sie mich fangen, erschießen sie mich und stopfen mich aus.« Mit wilden Sprüngen hetzte die Pantherdame auf den Ausgang zu.

Die anderen rannten und flogen ihr nach. Doch es war bereits zu spät. Sie hatten den Ausgang noch nicht ganz erreicht, da entdeckte Hamlet Knut, den Tierpfleger, der sich auf der Straße dem Zoo näherte.

»Wir müssen uns verstecken! Schnell, in die Büsche da!« Hamlet kroch unter dorniges Gestrüpp. Tulpe folgte ihm. Kaka und Du flatterten durch die Blätter und hockten sich auf die dünnen Zweige im Innern des Busches. Shiva duckte sich tief in einen Schatten, in dem ihr nachtschwarzes Fell so gut wie unsichtbar war. Dann plumpste Barnabas dazu und machte sich so klein er nur konnte. Was nicht besonders klein war. Wo ein Gebüsch mit einem versteckten Gorilla hätte sein sollen, war in Wirklichkeit ein Gorilla mit ein bisschen Gebüsch drumherum.

»Hammi«, jammerte Barnabas, »das klappt irgendwie nicht.«

»Das sehe ich. Du musst dich verstecken, Barni, schnell!«

»Ja, aber wo denn?«

Spy zischte heran. Der kleine Kolibri zitterte aufgeregt. Er öffnete den Schnabel und schloss ihn wieder, als fiele ihm kein Reim ein.

»Sag schon, was du sagen willst«, flüsterte Barnabas.

Spy wackelte mit dem Schnabel und schlug sirrend mit den Flügeln. Dann piepste er plötzlich: »Der Mensch guckt nie nach oben, und vorhin bist du geflogen!«

Der Gorilla sah ihn groß an. »Das ist es! Ich muss einfach noch mal fliegen!«

Hamlet starrte ihn an. »Fliegen? Aber …«

Doch da hatte Barnabas sich schon in Bewegung gesetzt. Er lief zum nächsten Baum, einer dicken Eiche, und sprang mit einem Riesensatz an den untersten Ast. Von dort aus

schwang er sich in Windeseile nach oben, bis er in der dichten Baumkrone verschwunden war.

Keine Sekunde zu früh, denn schon betrat Knut den Zoo. Er schlenderte den geteerten Weg entlang, der direkt an dem Gebüsch vorbei führte. Hamlet konnte nur seine schweren Stiefel sehen. Und plötzlich blieben sie stehen! Direkt vor ihm! Sie waren nur eine Schwanzlänge von seiner Schnauze entfernt.

»Nanu, was haben wir denn da?« Plötzlich griff eine Hand in die Zweige. Hamlet öffnete lautlos das Maul. So gut Knut auch immer zu ihm gewesen war – wenn er ihn entdeckte, musste Hamlet zubeißen. Doch im letzten Moment hielten die Finger inne und zogen etwas aus den Blättern hervor.

»Eine Papageienfeder, und was für eine schöne! Wenn das kein Glück bringt!« Die Tiere hörten Knut lachen, dann ging er weiter.

»Das war knapp!«, flüsterte Shiva.

»Zu knapp«, stimmte Hamlet zu. »Nichts wie weg hier!« Er krabbelte aus dem Gebüsch hervor. »Spy, kannst du uns einen sicheren Weg weisen?«

Spy schoss hoch in die Luft und kam gleich darauf zurück. »Keine Straße ist leer. Überall herrscht Verkehr!«

»Gibt's Probleme, Hammi?«, fragte Barnabas und steckte den Kopf aus der Baumkrone.

»Die Stadt ist voller Menschen, die uns nicht sehen dürfen! Tulpe und ich würden es vielleicht schaffen, und Spy, Kaka und Du können fliegen. Aber einen Gorilla und einen Panther übersieht kein Mensch.«

Barnabas lachte gurgelnd. »Aber das ist doch kein Problem, Hammi!«

»Kein Problem?« Shiva kam näher. »Bei allem Respekt, Hamlet, dein riesenhafter Freund scheint den Ernst der Lage nicht zu begreifen.«

Doch Barnabas schüttelte nur sein mächtiges Haupt. »Wir machen's noch mal genau so wie ich eben! Wir gehen nach oben!«

Hamlet starrte ihn an. »Du willst auf die Dächer klettern?«

Barnabas nickte begeistert. Er wies auf ein Hochhaus, das direkt neben dem Zoo stand. »Da geht es los!«

Schnell wie der Wind lief die kleine Bande zum Ende des Zoos. Mühelos überwanden sie den Zaun.

Shiva machte wieder einen eleganten Satz, dann blickte sie das Hochhaus hinauf, und unwillkürlich sträubte sich ihr Fell. »Ich bin gut im Klettern, aber ich glaube nicht, dass ich *das* schaffe.«

Barnabas lachte. »Musst du ja auch nicht!« Er schnappte sich Tulpe und setzte sie auf seine Schulter, wo das Stinktier genügend Platz hatte. Dann klemmte er sich Hamlet unter den Arm. Der Wolf japste erschrocken. Schließlich nickte Barnabas der Pantherdame aufmunternd zu. »Komm schon!«

Shivas rechtes Hinterbein zuckte. »Ich soll … mich von dir *tragen* lassen?«

»Natürlich! Was denn sonst?« Barnabas griff nach der Balustrade eines Balkons.

Shiva verzog das Gesicht. »Für eine Pantherdame ist das

nicht gerade die Erfüllung ihrer Träume, von einem Riesenaffen über die Schulter genommen zu werden.« Aber dann sprang sie dem Gorilla mit einem Satz auf den Rücken. Und schon ging es los. Barnabas schwang sich locker auf den untersten Balkon und kletterte von dort mit gewaltigen Sprüngen schnurstracks nach oben. Shiva fauchte ängstlich und fuhr ihre Krallen aus.

»Aua! Kannst du dich ein bisschen weniger ... doll festhalten?«

»Entschuldigung.« Shiva fuhr die Krallen wieder ein Stück ein. Aber nur ein Stück, denn sie wollte auf gar keinen Fall runterfallen.

Hamlet erging es noch schlimmer. Er konnte sich überhaupt nicht festhalten. Er konnte nur hoffen, dass Barnabas ihn nicht aus Versehen losließ. Nur Tulpe fühlte sich auf dem gewaltigen Fellberg unter ihren kleinen Pfoten einigermaßen sicher.

Es dauerte nicht lange, und die Welt unter ihnen war erstaunlich klein und leise geworden.

»So also sieht es für die Vögel aus, wenn sie fliegen«, flüsterte Tulpe ehrfürchtig.

Und dann waren sie auch schon oben. Barnabas schwang sich über eine Brüstung und setzte die drei auf dem flachen

Dach des Hochhauses ab. Du, Kaka und Spy erwarteten sie bereits.

Hamlet sah sich um. Von hier sah die Stadt vollkommen anders aus, als er sie bisher erlebt hatte. Das Häusermeer erstreckte sich bis zum Horizont, und trotzdem war nirgends ein Mensch zu sehen.

Hamlet fühlte sich, als stünde er auf einem hohen Berg, nur noch den Himmel und die Wolken über sich. In seiner Kehle sammelte sich die klare Luft, und der Wolf spürte, wie eine unbändige Lust in ihm aufstieg. Hamlet spannte die Muskeln. Dann raste er plötzlich quer über das Dach, bremste erst kurz vor der Kante, drehte sich einmal wie ein Kreisel um sich selbst und schoss wie der Blitz zurück zu den anderen. »Herrlich! Oh, wie schön ist das«, jubelte er in die verblüfften Gesichter seiner Gefährten. Dann reckte er den Kopf in die Höhe und stieß ein wildes Wolfsgeheul aus.

Die Pantherdame blickte den glücklichen Wolf an. Ihr entfuhr ein wohliges Schnurren. »Bist du noch nie in der Freiheit gewesen?«

Hamlet schüttelte den Kopf. »Ich glaube, ich weiß erst seit gerade eben, was Freiheit sein kann!«

Die Pantherdame trat auf ihn zu und leckte ihm sanft die Schnauze. »Die Freiheit ist das Beste, was es gibt.«

Geführt von Spy, Kaka und Du machten sich die Tiere auf den Weg über die Dächer. Hoch über der Stadt kamen sie völlig ungestört vorwärts. Ab und zu mussten sie die Lücken zwischen zwei Häusern oder sogar kleine Straßenschluchten überwinden, aber zum Glück kannte Spy einen Weg, auf dem diese Schluchten nicht besonders breit waren. Shiva nahm die Sprünge mit Leichtigkeit, und auch Hamlet und Barnabas schafften es jedes Mal. Tulpe blieb einfach auf dem Rücken des Gorillas sitzen und genoss den wilden Ritt. Für Hamlet war es ein berauschendes Gefühl, an der Seite seiner Freunde mit Riesensätzen über das Menschentreiben unter ihnen hinwegzuspringen.

Dann erreichten sie das letzte Dach. Unter ihnen lag die Brachfläche, umsäumt vom grauen Häusermeer der Stadt. Zwischen Gräsern und Sträuchern waren die Gleise zu erkennen, die unter die Erde führten.

»Wir sind da«, verkündete Hamlet. »Das da ist der Eingang zum Paradies.«

»Das Wilde Pack lebt unter der Erde?«, fragte Barnabas erstaunt. »Aber da gibt es weder Sonne noch Wind.«

»Dafür aber auch keine Menschen«, meinte Hamlet.

Barnabas seufzte. »Schade, dass wir schon angekommen sind. Ach, Hammi, das hat so einen Spaß gemacht! Ich könnte tagelang mit dir über die Dächer springen! Wir beide, du und ich, Hammi!«

Ein flirrendes grünes Juwel tauchte über ihren Köpfen auf. »Ich sei, gewährt mir die Bitte, in eurem Bunde der Dritte!«

Hamlet und Barnabas lachten und nickten. »Okay, du kleiner Dichter«, knurrte Barnabas. »Ab heute sind wir auch Freunde.«

Plötzlich stand auch Shiva neben ihnen. Tulpenblüte kletterte von Barnabas herunter, und aus der Luft landeten Kaka und Du neben ihr.

»Lasst uns alle zusammenhalten«, sagte Tulpe.

»Das wäre wirklich enorm toll«, pflichtete Kaka bei.

»Zusammen können wir viel mehr erreichen, als jeder für sich«, meinte Du.

Shiva streckte sich und putze ihre Schnurrhaare. Dann blickte sie Barnabas aus ihren bernsteinfarbenen Augen an. »Nicht immer elegant, wie so ein Gorilla sich bewegt, aber durchaus vertrauenserweckend«, schnurrte sie. »Und was den Wolf angeht: Nicht übel für einen Bettvorleger.«

Hamlet sah die Tiere der Reihe nach an. Er konnte sich nicht erinnern, wann er das letzte Mal so glücklich gewesen war. Dann blinzelte er in die Sonne. »Wir müssen zurück zum Paradiesplatz, sonst werden wir doch noch entdeckt.

Außerdem haben wir noch ein Problem zu erledigen: Müller.«

Barnabas kletterte mit den anderen im Gepäck die Hauswand hinunter und eilte zu den verrosteten Gleisen. Kurz danach liefen die neuen Freunde nebeneinander ins Dunkel.

Im Paradies erwarteten sie bereits die übrigen Tiere. Ampel sah sie als Erster und riss beide Augen gleichzeitig auf, als er den riesigen Gorilla erblickte. Dann verdrehte er sie in verschiedene Richtungen. »Meine Güte, so viel Fell auf einem Haufen, da wird einem ja schwindelig.«

Aufgeregt berichtete der Barni-Befreiungstrupp den anderen Tieren von ihrem Abenteuer.

»Was ist mit Müller?«, erkundigte sich Hamlet bei Ampel.

»Rafina hat ihn ein bisschen gewürgt, und er ist ohnmächtig geworden«, sagte Ampel und kicherte. »Ich glaube, er schläft immer noch.«

»Dann tragen wir ihn jetzt hier weg.« Hamlet wandte sich Barnabas zu. »Du musst mir helfen, Barni!«

Die beiden Freunde betraten das Labyrinth und liefen durch die Dunkelheit in Rafinas Höhle. Die Riesenschlange lag direkt hinter dem Eingang. Zischelnd empfing sie die beiden. »Da isssst er ja, dein Freund. Die verwandte Seele aus dem grünen Land. Willkommen!«

»Hallo«, sagte Barnabas ein wenig schüchtern.

Die Anakonda löste ihren verschlungenen Körper und Müllers blasses Gesicht kam zum Vorschein. Der sonst so protzige Schnurrbart war zerknickt und von Müllers prahlerischem Jägertum war nichts mehr zu sehen und zu wittern. »Der Mensch schläft. Ich frage mich, ob er auch träumt.«

Barnabas schulterte den Schlafenden. »Hätte nicht gedacht, dass ich Müller mal ins Bett bringen würde, hihi.«

Hamlet lachte nicht. Im Gegenteil: Er sah besorgt aus. »Ich frage mich, was wir mit Müller machen sollen. Sobald er aufwacht, wird er sich an alles erinnern. Und dann macht er wieder Jagd auf uns. Er weiß jetzt, wo der Eingang ins Paradies liegt. Das Wilde Pack ist hier nicht mehr sicher. Und das ist allein meine Schuld.«

»Hm«, brummte Barnabas. Daran hatte er gar nicht gedacht. Auf einmal wurde auch ihm ganz schwer ums Herz.

Rafina glitt auf Hamlet zu und kringelte ihn langsam ein. »Mach dir keine Sorgen, Wolf. Müller wird sich nicht erinnern.«

»Wird er nicht?«

»Nein.«

»Aber warum nicht?«

»Sieh mich an!«

Hamlet starrte auf die Schlange. Rafina vollführte einen merkwürdigen Tanz auf dem Boden. Sie schlängelte und kringelte sich hin und her, bis Hamlet nur noch ein schwindelig machendes Muster aus olivgrün und schwarz sah. Ihm wurde ganz flau zumute und ihm fielen beinahe die Augen zu, aber er konnte den Blick von den tanzenden schwarzen Flecken nicht abwenden, die sich drehten und wanden und ineinanderglitten und …

»He, Hammi! Schlaf nicht ein!«

Barnabas' tiefe Stimme riss Hamlet aus seinem Tagtraum.

»Was … was war das?«, fragte Hamlet benommen. »Was hast du mit mir gemacht, Rafina?«

»Das war mein Tanzzzz des Vergessssens. Wer mir dabei zusieht, wird müde und betritt das Reich der Träume.«

»Das war … ganz erstaunlich! Und das hast du mit Müller gemacht?«

»Als er zwischendurch wach war, ja. Wenn Müller wieder zu sich kommt, wird er die letzten Stunden vergessssen haben.«

»Und das klappt immer?«

»Meistenssss.«

»Danke, Rafina«, sagte Hamlet. »Ohne dich wäre es uns nicht gelungen, Barnabas das Leben zu retten.«

Rafina antwortete nicht. Sie wandte sich ab und zischte: »Lasssst mich jetzzzt allein. Ich will schlafen. Schlafen, schlafen, vielleicht sogar träumen. Von tiefem Grün … von goldenen Sonnstrahlen … von plätscherndem Wasser … von Blüten in allen Farben.« Geräuschlos glitt sie in die Dunkelheit.

Kurz darauf saß Zoodirektor Müller hinter dem Steuer seines Autos auf dem Schrottplatz. Er schlief immer noch. Hamlet, Barnabas, Tulpe und Spy waren bei ihm und beobachteten seinen langsamen, ruhigen Atem.

»Hoffentlich behält Rafina recht«, murmelte Tulpe besorgt. »Hoffentlich hat er wirklich alles vergessen.«

»Das werden wir sehen«, meinte Hamlet. »Sagt mal … wo ist eigentlich Müllers Gewehr? Er hat es nicht mehr bei sich!« Die Tiere sahen einander ratlos an. Niemand konnte sich erinnern, das Gewehr irgendwo gesehen zu haben, seit Rafina den Menschen überwältigt hatte.

Doch sie kamen nicht mehr dazu, darüber nachzudenken, denn plötzlich begann Müller sich zu rühren.

»Er wacht auf«, flüsterte Tulpe. »Jetzt oder nie!« Bevor jemand sie aufhalten konnte, sprang sie ins Innere des Wagens, hob ihren buschigen Schwanz und spritzte eine volle

Ladung Stinksekret auf Müllers Jacke. Eilig war sie wieder zurück. »Was guckt ihr mich denn so an? War das nicht richtig?«

Barnabas unterdrückte ein Prusten.

Und Spy jubelte: »Er stinkt wie ein Klo, richtig so!«

»Das war eine sehr gute Idee, Tulpe«, sagte Hamlet anerkennend und grinste. Doch dann wehte der Wind den beißenden Gestank von Tulpes Geheimwaffe zu ihm herüber und ihm wurde fast schlecht. »Aber jetzt nichts wie weg!«

Schnell verschwanden sie in dem Loch unter der Baggerschaufel. Barnabas riss dabei ein wenig die Tunnelwände ein, aber das machte nichts. Nur Spy blieb draußen, er wollte Müller weiter beobachten und später Bericht erstatten.

Gespannt wartete das Wilde Pack im Paradies auf die Rückkehr des Kolibris. Als der kleine, grüne Fleck endlich angeflattert kam, bestürmten sie ihn so sehr mit Fragen, dass Spy ganz unruhig wurde.

»Was ist passiert, Spy?«

»Ist Müller weg?«

»Hat er sich erinnert?«

»Kommt er wieder zurück?«

»Sind wir in Gefahr?«

»Nun red schon, du grüner Federwicht!«, rief Ampel.

Verzweifelt flog Spy hin und her und brachte keinen Pieps heraus. Schließlich zwitscherte er traurig: »Kein Reim fällt mir ein, das kann doch nicht sein!«

Alle platzten fast vor Spannung, aber sie wussten, dass Spy nur noch nervöser werden würde, wenn sie ihn jetzt unter Druck setzten. Also warteten sie so geduldig, wie es ihnen möglich war: Kaka und Du tänzelte auf ihrem Holzschild hin und her, Tulpes buschiger Schwanz sträubte sich vor Aufregung, Barnabas wiegte sich vor und zurück, ohne es zu merken, Shiva lief auf ihrem Treppenpodest so schnell auf und ab, dass einem ganz schwindlig wurde, Ampel wechselte unruhig die Farben und Oskars Schwanz peitschte das Gullywasser, dass es spritzte.

Schließlich hatte Spy seine Reime beisammen: »Müller wird wach und fühlt sich ganz schwach. Er schnuppert an sich, es riecht widerlich. Er kratzt sich am Kinn, nichts ergibt einen Sinn. Und auch im hellen Sonnenlicht sieht er uns'ren Tunnel nicht. Dann fährt er weg, und ich krieg einen Schreck: Die Fahrt ist ein Eiern, ein einziges Leiern. Ich sage euch Leute: Der weiß nix mehr von heute! Und ich war dabei, Spy aus dem Ei, und meine Geschichte ist jetzt vorbei!«

Für einige Sekunden herrschte atemlose Stille auf dem Paradiesplatz. Dann brach das Wilde Pack in Jubel aus. Shiva

brüllte, Barnabas trommelte auf seine Brust, Ampel lief abwechselnd rot, gelb und grün an, Tulpenblüte schwang ihren buschigen Schweif, Oskar klapperte mit Kaka und Du mit den Schnäbeln um die Wette, und Hamlet stieß ein langes Wolfsgeheul aus.

»Und was jetzt?«, fragte Oskar ihn plötzlich.

»Jetzt geht's erst richtig los!«, rief Hamlet. Dann heulte er wieder, dass es von den Wänden zurückhallte.

Umschlagillustration, Sebastian Meyer, Wiesbaden
Umschlaggestaltung von Michael Kimmerle, Stuttgart

Unser gesamtes lieferbares Programm und viele weitere Informationen zu unseren Büchern, Spielen, Experimentierkästen, DVDs, Autoren und Aktivitäten finden Sie unter **kosmos.de**

FSC
www.fsc.org
MIX
Papier aus verantwortungsvollen Quellen
FSC® C014138

Gedruckt auf chlorfrei gebleichtem Papier

ISBN 978-3-440-11037-9

Redaktion: Silke Arnold
Produktion: DOPPELPUNKT, Stuttgart
Printed in the Czech Republic / Imprimé en République tchèque

Das wilde Pack

Tierisch witzig, ganz schön frech!

14 Das wilde Pack in Richtung Freiheit
ISBN 978-3-440-12471-0

Obwohl das Wilde Pack das Paradies verloren hat, gibt es die Hoffnung nicht auf:
Das Freiheitsschiff ist fertig! Der Tag der gemeinsamen Flucht rückt endlich in greifbare Nähe! Mit Hochdruck machen sich die Tiere an die letzten Vorbereitungen. Denn es ist nur eine Frage der Zeit bis Zoodirektor Müller auch die Kristallhöhle entdeckt ...

1 Das wilde Pack
978-3-440-11037-9

2 Das wilde Pack schmiedet einen Plan
978-3-440-11038-6

3 Das wilde Pack und der geheime Fluss
978-3-440-11254-0

4 Das wilde Pack lässt es krachen
978-3-440-11255-7

5 Das wilde Pack in der Falle
978-3-440-11530-5

6 Das wilde Pack im verbotenen Wald
978-3-440-11577-0

7 Das wilde Pack in geheimer Mission
978-3-440-11583-1

8 Das wilde Pack im Schattenreich
978-3-440-11582-4

9 Das wilde Pack in voller Fahrt
978-3-440-12125-2

10 Das wilde Pack lüftet ein Geheimnis
978-3-440-12153-5

11 Das wilde Pack und die verlorene Insel
978-3-440-12468-0

12 Das wilde Pack schwimmt im Geld
978-3-440-12469-7

13 Das wilde Pack rettet einen Freund
978-3-440-12153-5

15 Das wilde Pack Endlich am Ziel
978-3-440-12472-7

Jeder Band €/D 7,95
Preisänderung vorbehalten

kosmos.de